U0013040

S P R I N G

每一本好書都是一顆種子，
春天播種在你的心田夢土上。

Spring

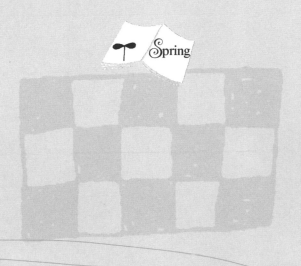

S P R I N G

每一本好書都是一顆種子，
春天播種在你的心田夢土上。

S P R I N G

每一本好書都是一顆種子，
春天播種在你的心田夢土上。

S P R I N G

每一本好書都是一顆種子，
春天播種在你的心田夢土上。

Spring

killer
殺手
登峰造極的画
九把刀Giddens：編導
鷹、G、吉斯美、角：領銜主演
「當殺手，絕不能說這是最後一次。若說了，十個有九個回不來。」「嗯。」
「唯一全身而退的例外是，達到自己第一次扣板機前許下的心願。」「嗯。」
一天和尚一天鐘，一夜殺手一夜魂
風格獨具的殺手，九把刀的黑色浪漫

任性的殺手

殺手，又稱刺客。

這個既空虛又夢幻的職業，距離我們日常生活很遙遠，卻又常在好萊塢電影、坊間廉價小說、過期八卦雜誌中看見許多殺手的形跡。

殺手漠然的姿態，與剛毅冷酷的線條，故事多不勝數，看似花落繽紛，骨子裡卻是自我繁衍的單一格調。鑽營殘忍的殺人佈局。沈浸在憂傷的隱喻。過度的自囈獨白。僵硬的多重公式。無法治癒的創傷。佛洛伊德的精神分析教徒。

用天氣比喻的話，殺手是清冷的雨夜。

用季節比喻的話，殺手是落葉紛飛的秋天。

用飲料比喻的話，殺手是帶著酸味的藍山咖啡。

用食物比喻的話，殺手是淋上檸檬汁液的秋刀魚。

真是胡扯。一點人類學的涵養都沒有。

有一百個殺手，肯定就有一百種殺手。

由於殺手寫作需要取材，我認識了一個非常夏天的殺手，他總是挑太陽刺眼的好天氣執行任務，因為健康的關係不喝咖啡，愛喝鮮榨的橘子汁，卻又矛盾地以高熱量的漢堡為主食。囉哩囉唆的，毫無身為一名殺手應有的耍酷自覺。

桌上，錄音機裡的磁帶喀喀捲動。

「你總是挑大太陽的好天氣下手，是因為想戴墨鏡裝帥的關係嗎？」我問。雖然沒看見他身上有什麼墨鏡。

「得了吧，如果太暗了看不清楚殺錯了人怎麼辦？子彈不用錢喔？可以的話，我還想在槍管上加裝手電筒咧！」訪談時，他一邊往左輪手槍裡旋進子彈，一邊從鼻孔噴氣跟我說話。

態度不佳。不過由於他手上有槍，我也不好多說什麼。即使當時訪談的地點是台北車站對面的麥當勞，人來人往的。

殺手就是這麼任性。

當時是放學跟下班的尖峰時段，他就這麼在學生很多的麥當勞裡大刺刺打理兇器，毫不顧慮家長的感受。他的理由很簡單，越是挑明著幹，別人只會當你搞笑，不會相信槍是真貨。

「對了，如果你想寫殺手的故事，與其坐在這裡訪談，幹什麼不親自接幾個案子？」他用剛剛挖鼻孔的手，抓起薯條沾冰淇淋吃。

「我覺得殺人不是挺好的勾當。」我坦白。

「這麼說的話，你是瞧不起我了？」他皺起眉頭。

「那怎麼敢，你手上有槍耶。」我提醒他。

「有道理。其實你說的也沒錯，殺人畢竟不是什麼好事，所以有別的事幹的話，人交給我殺就行了。我殺手嘛！哈哈，哈哈！」他倒是看得很開。

「說真格的，如果我將你寫進小說裡當一個超帥的主角，宰掉這個傢伙可不可以打個折？」我將一張照片推到他的面前，充滿期待。

「打折？」他一臉不可置信。

「以你們的標準來說，這傢伙很好殺的，甚至不需要用到槍！」我保證。

「殺人哪有在打折的。」他一臉不屑，咬著辣味雞腿堡。

「沒有嗎？」我猜他是想以退為進。

「沒有。」他搖搖手中的漢堡。

「主角耶！王牌殺手漢堡人！」我笑笑。

「沒有。」他果斷搖頭。

就這樣，結束了不甚愉快的訪談。

在台灣這種地方，沒有折扣的東西怎麼有人會買呢？真是一點行銷概念都沒有，難怪只能靠殺人的錢上麥當勞吃漢堡。這種事讓我很氣。

所以這本書裡的四個殺手，我死都不會提到他。

kill er

殺手

登峰造極的画

目次 Contents

kill er
〔殺手〕鷹

陽台上燦爛的花

1

有人說，他是個不愛冒險的殺手。

有人說，他只是很喜歡從容不迫的感覺。

也有人說，他沒興趣聽見子彈鑽進人體的聲音。

綜合以上，可以勾勒出鷹在殺手分類裡的象度。

鷹只在距離目標三百公尺外的高樓天台上，架起狙擊槍，掛上十字瞄準器，抽一口菸，等著目標自動站在死神的線上。

乍看之下，慢條斯理是他的工作態度，實際上是他對時間、地點的要求嚴謹的必然結果。他在第三根菸熄滅前一定能順利完成任務。正好是三注香。

「目標」，是那些倒在血泊裡屍體，共同的代號。

在任務完成後，他會放一朵花在天台上，悼念那位與他素不相識的目標。

他，殺手「鷹」。

如同科幻小說家艾西莫夫為機器人訂定三大法則，委託人與殺手之間也有崇高的默契，其道德化的程度均被雙方認同。

一，不能愛上目標，也不能愛上委託人。

二，不管在任何情況下，絕不透露出委託人的身分。除非委託人想殺自己滅口，否則不可危及委託人的生命。

三，下了班就不是殺手。即使喝醉了、睡夢中、做愛時，也得牢牢記住這點。

這三樣默契訂得相當反戲劇化，似乎害怕殺手會像電影般的情節，感情用事，節外生枝，變得婆婆媽媽，最後在後腦勺上出現紅外線瞄準器的紅點也不自知。

至於這三個默契是如何制定出來的、被誰制定的，已無從查考。從結果上看才是最重要的。顯少有專業的殺手會違反以上的默契。

收錢，扣下板機，走人。

這就是殺手。

2

每個行業都有獨特的規範。

當殺手的也有三大職業道德，可說是內規。

一，絕不搶生意。殺人沒有這麼好玩，賺錢也不是這種賺法。

二，若有親朋好友被殺，即使知道是誰做的，也絕不找同行報復，也不可逼迫同行供出雇主的身分。

三，保持心情愉快，永遠都別說「這是最後一次」。這可是忌諱中的忌諱，說出這句話的人，幾乎都會在最後一次任務中栽觔斗。

對每個成功的殺手來說，除了精準狙殺目標，風格是最重要的。越是厲害的殺手風格就越鮮明，辨識度高，讓人有種「嗯，這一定是某某人幹的」的強烈印象。

鷹也一樣。

在霓紅城市上空，鷹在二十九次的行動中逐漸找到屬於自己的生存法則。

能夠用一顆子彈殺死的人，絕不用第二顆。

如連第二顆子彈也錯發了，絕不戀棧，收拾槍具就走。

鷹比其他殺手都要重視效率，遵守殺手應該遵守的任何規範，可說是一個無聊至極的刻板傢伙。

比起那些視任務完成為自尊的殺手來說，鷹相信自律比其他的東西更能讓自己生存下去。這樣的殺手，根本無法成為小說家筆下腳本的角色。

黃昏，是鷹最喜歡的工作時間。

九成殺手都喜歡在黃昏扣下板機。

日夜交替，光影赭紅，襯抹著生死分離的惆悵。如果有殺手裡也有兼差詩人，多半也會為血濺黃昏的愁緒賦辭吧。

林森北路三段，某棟二十七層高樓，天台。

下午五點，鷹點燃第一隻菸，架好狙擊槍。

五點十七分，菸熄了。

一輛白色賓士停在新開張的居酒屋前，禿頭肥佬在黑幫小弟的簇擁中下車，神色睥睨。

就跟牛皮紙袋裡的照片一樣。目標。

「鼻子鼻子鼻子……眼睛！」鷹念著童年遊戲裡的規則語，扣下板機。

咻。

肥佬的左眼多了一個血紅色瞳孔，眉頭皺了起來，嘴巴開得老大，大概是想起什麼重要的事忘了去辦。

透過瞄準器，鷹看見肥佬後腦的漿汁濺灑在委託人的亞曼尼西裝上。

委託人兀自握著肥佬的手，表情看起來震驚至極，十幾個小弟亂成一團，有的不斷往高處張望，有的驚惶地找掩護。

「好好演場戲吧。」鷹將一朵黃花放在天台上。

將瞄準器拆旋下，槍身各部份一一分解，有條不紊地放妥在銀色公事箱裡，鷹打開天台安全門，慢慢走下樓。這棟大樓沒有在樓梯間裝設監視器，鷹已經事先探查過。

附近的街口已圍滿警車與記者，黃色的封鎖線拉得像蜘蛛網似的，一身是血的委託人正接受ＳＮＧ記者訪問。

「老百姓好端端的走在街上都會被殺，警察幹什麼吃的！我還能說什麼？這城市已經瘋了！」委託人憤怒地看著鏡頭，指控。

3

可不是？這城市就是如此。

委託人的部份餘款兩個禮拜後匯進了鷹在瑞士銀行的祕密戶頭，還在「死神」約了個飯局。

鷹每星期會確認一次自己的銀行戶頭，如果出現所謂的「前金」，他就會出現在這間叫「死神」的餐館吃飯，等待委託人自動將裝著目標照片的牛皮紙袋，推在他面前。

任務完成，在戶頭收到第二階段的餘款後，鷹也會出現在這間餐廳，向委託人收取後頭終結的款項。一切就像儀式般固定。

在這段時間內，委託人繼承了禿頭肥佬八成的地盤，兩百多個小弟，跟三個妖精般的女人。

聘雇一顆子彈的費用，跟一件不能再穿的亞曼尼的代價，就換來這一切，任誰都會說划算。如果不計入「靈魂」那不確定是否真實存在的東西的話。

溫熱的陶板上，鷹的牛排切得整整齊齊，每一塊都同樣大小。

「鷹，如果有人雇你殺我，你會怎麼做？」委託人舉起酒杯。

「告訴我你喜歡什麼顏色的花，我會牢牢記住。」鷹表情冷淡，刺起一塊牛肉。

委託人一怔，旋即嘆了一口氣。

「鷹，你實在太危險了。」

委託人也沒有生氣，只是接著說：「如果有那麼一天，我出五倍價錢，你將聘你殺我的委託人殺掉，你覺得如何？」

「違反殺手法則的事，我是不做的。」鷹淡淡地說。

委託人手中的酒頓時變得沒有味道。

也許，他該找個別的殺手，將鷹殺掉？

但鷹這麼優秀又絕不囉唆的殺手，自己以後還用得著。

況且，若一次殺不了鷹，自己就得連夜搭機，逃到連自己都背不住名字的巴爾幹半島小國裡，這又何苦。

「但你可以付我十倍價錢，讓我將兩顆子彈都打偏。你知道的，就算是機器也有失誤的時候。」鷹慢條斯理享受著牛排。

委託人頓了一下。看著鷹，用一種端詳外星生物的好奇眼光。

「殺手法則裡，沒有規定我一定得得手。」鷹淡淡說。

「錢對你來說，真的可以買下一切？」委託人又恢復了精神。

「你似乎是誤會了。當殺手是為了錢本身，而不是想殺下一個人、而需要用錢買更好的槍跟子彈。」鷹又刺起一塊肉。

委託人滿意地笑笑，這樣的殺手真是太完美了。

委託人從上衣裡拿出一本支票簿，寫下一串尾巴好幾個零的阿拉伯數字。那是自己生命的價碼。合算。

鷹收下了支票，牛排也吃完了。

「以後有機會還會拜託你。」委託人抹抹油滑的嘴巴，心中踏實了不少。

鷹笑笑，離去。

算一算，又到了搬家的時候。

每當五個目標倒下時，鷹就會換一個住所，自我規約的風險控管。

禿頭肥佬是第六個五個。

花的故事，從搬家那一天才開始。

4

鷹對任何事物的品味都很簡單，手中沒有握著槍柄的時候，他實在是個很好說話的好好先生。

這次他挑了間有個乾淨陽台、藏在小巷子裡的租屋。

三樓，二十五年的老房子。

那是個應該待在冷氣房裡看電影的午后。鷹滿身大汗，將一車的打包行李慢慢搬上樓。

在樓下，鷹注意到有個女孩子指揮著搬家公司，將行李一件件搬到自己的對面。

「這麼巧？」鷹打量著同樣剛搬家的女孩。

女孩住在另一棟樓，與自己住的地方只隔了一條五尺小巷，同樣也有個朝巷子突出的小陽台。

鷹汗流浹背在陽台上的長形花盆整土。他愛種花，種花是他少數的興趣。

曾經有一度鷹覺得種花其實蠻無聊的，想乾脆別種了，但再深思了一下，發現自己不種花也不知道該做什麼打發時間，只好再接再厲。

女孩也正好打開她的陽台窗戶，穿著細肩帶，同樣一身是汗。

女孩拿著雜誌搧風，注意到雙手都是泥土渣的鷹。

「喂。」

一盒礦泉水越過兩個陽台共享的上空，飛到鷹的手裡。

女孩沒有自我介紹，甚至連笑也很隨便。是那種「你渴了吧？給你喝。」的那種笑，而不是「我看你很順眼喔，嘻嘻～」的那種笑。

「謝謝。」鷹點點頭，沒有拒絕。

女孩轉身走進屋子，忙起傢俱擺設。

鷹擦擦手掌的泥屑，喝著礦泉水，忍不住好奇女孩是什麼樣的人。

二十初歲，短髮，細長的眼睛，不愛說話，卻很敢打招呼。

大學生？便利商店店員？租書店小姐？棒球隊經理？

「會不會也是殺手？」鷹這念頭一想，旋即笑了起來。

不會的。

當殺手遇到殺手，只要一瞬間，彼此就能嗅到對方身上的味道，那是一種無法解釋也無法掩飾的quality。

候。

好奇心只要有了個開頭，就再無法壓抑。尤其是對年輕女孩產生好奇的時候。

將喝到一半的礦泉水放在陽台牆上，鷹轉身進屋洗手，好整以暇地架起十字瞄準鏡，細膩地調整鏡頭的倍數與焦距。

瞄準鏡當然對著陽台對面，穿越另一個陽台。

女孩已經將卡通圖案的窗簾掛上。但只要有一條寬三公分的細縫，就足夠鷹殺死一個人，何況只是無聊男子的偷窺興趣。

女孩的房間東西不多，冰箱，音響喇叭，單人床，看起來很舒服的枕頭。沒有製造廉價噪音的電視機，卻有一個掛著白布的木架突兀地立著。

「原來是個畫家。」

鷹注意到木架露出的凌亂色塊，還有牆角堆放的顏料與畫筆。

5

「會不會，我居然是個變態？」鷹忍不住自嘲。

畢竟自己已從三公分的縫裡，靜靜地觀察女孩生活了一個禮拜。

從牆上的課表，鷹清楚知道女孩是某藝術大學美術科系的學生。

女孩的生活很單純，不上課時就是畫畫，但似乎還停留在基礎的靜物素描練習階段，用最純粹的黑與白，二元的光與影，去構畫擺在小凳子上的東西。

偶而心情好時，女孩會拿起彩筆在畫布上亂抹一通，然後坐在床上頗為滿意地欣賞自己狂野的抽象畫，看著看著，就會莫名其妙睡著。

女孩經常會拉開窗簾讓陽光透進屋子，讓素描的靜物多些自然的光影，這時鷹就會走出陽台，伸伸懶腰，看看溼溼泥土裡的種子，除蟲澆水什麼的。

「嗨。」通常都是女孩主動打招呼。

「嗯，嗨。」鷹總是淡淡回應。

鷹看起來不是個多話的人，就跟電影裡酷酷的殺手一樣。任何嘗試跟鷹攀談的人，都會覺得自己像個笨蛋。

事實上，鷹只是找不到話講。他只對兩件事熟悉，殺人，跟種花。

可惜死人跟花都不會說話。

某天女孩在陽台刷牙，看著一大早就起來整理花圃的鷹，然後沒頭沒腦迸出這一句。

「你是做什麼的啊？」

鷹抬起頭看看女孩，心中卻沒有訝異。

他原本在屋子裡看小說，直到女孩起床後他才匆匆整理頭髮跑到陽台，瞎找一些芝麻綠豆的事做。

為什麼？鷹也不知道，大概是寂寞，殺手可悲的職業病吧。

「種花的。」

「種花的？」女孩刷牙，睡眼惺忪。

「嗯。」

「就那些？」女孩指著鷹的陽台，不信。

「嗯。」

「怪人。」女孩直接了當。

「謝謝。」鷹領受了。

「你看起來很閒哩，正好樓下的便利商店在徵夜班，你要不要做？」女孩的頭髮蓬鬆。

「不想。」鷹看著指尖上的螞蟻。

「不客氣。」女孩含著牙刷，說話含糊。

一只紙飛機劃過陽台間湛藍的天空。

鷹攤開，是一張空白的履歷表。

「寫好我幫你拿去，我禮拜一跟禮拜二晚上學校有課沒空，你就填那個時間就可以了。」女孩的語氣，一副理所當然。

「不這麼填，妳應徵不到那份工作吧？」鷹直接揭破。

「答對了，店長要徵全夜班，我就說你是我朋友。」女孩嘴裡含著牙刷，手比了個V。

於是鷹填了，折成紙飛機又射了回去。

「陳可誠，好普通喔。」女孩含糊地念著。當然是鷹慣用的假名。

6

鷹從沒想過自己除了當殺手跟種花，還有第三項才能，例如煮茶葉蛋跟泡黑輪。

凌晨兩點，便利商店很冷清。若非早知道這點，鷹不會填下那份履歷。

鷹穿著綠色的員工制服，坐在收銀台後看一本叫「蟬堡」的連載小說。

那是本只流傳在殺手裡的未出版小說，每個殺手能拿到的章節進度不一，順序也紊亂參差，所以鷹常常看得莫名其妙，卻又飲酖止渴般無法放棄。

「挪。」

女孩拿著兩盒鮮奶放在櫃台，鷹起身結帳。

「一盒給你。」

「嗯。」

鷹喝著鮮奶，繼續坐下看小說。

「你不愛說話。」女孩撕開牛奶盒的封口。

「嗯。」鷹冷淡地隨意應和，但其實腦中正努力找話講。

「所以你是個殺手。」女孩結論。

鷹抬起頭，闔上書。

「啞巴也不說話，但啞巴不都是殺手。」鷹無法同意。

「嗯，但一般人不會這樣辯解吧？」女孩一副「响响，露餡了吧」的表情。

鷹無法反駁，雖然想再說幾句話，但找不到話題的他只好又打開小說。

「你可以問我叫什麼名字啊，聊天其實不難。怪人。」

女孩將鮮奶放進微波爐。

「楊超甯。」鷹隨意指著牆上的排班表。

叮。

「我在學畫畫，大二。」甯拿出熱牛奶。

「嗯。」

「今天早上，我看見你種的東西發芽了。」

「波斯菊。」

「多久可以長好開花？」

「看運氣。」

「開了送我一朵吧。」

「我的花很貴，一朵要一百萬，而且不吉利。」

「難怪你不用工作。」

「也不是這麼說。」

7

甯喝完了熱牛奶就離開了。

小說開始索然無味，鷹有點悵然所失。

上次有這種感覺，是打開牛皮紙袋發現目標居然是自己欣賞的政治家時。

鷹本打算在下個月將自己那票投給他，但最後還是將一朵黃花擺在某處天台。

鷹從不覺得殺手的工作很高尚，所以也不需要有什麼道德性的選擇。

他的板機很廉價，覺得自命清高的殺手最要不得。

「如果有人付錢要我殺這個女的，我會不會扣下板機？」

鷹開始胡思亂想。

如果這是部電視劇，接下來的走向必然如此，而自己也必然不會開槍，於是展開一段風花雪月之殺手輓歌，無數廉價的眼淚在螢光幕前落下。

「所以還是開槍吧。」鷹自言自語，然後笑了起來。

他曾在報上的卡內基專欄裡看過一句話：人所擔心的事，有百分之九十其實都不會發生，所以別把時間花在根本不會困擾自己的虛設上。

時針走到六點，鷹才回到租處，回到瞄準鏡後。

甯還沒睡醒，所以鷹的無聊持續蔓延。

鷹將竹編躺椅拎出房間擺在陽台，坐在上面看第十七遍小說。

八點，甯醒來，睡眼惺忪走到陽台刷牙。

「早。」甯豎起拇指。

「嗯。」鷹也豎起拇指。

「要不要聽歌？哈啾！」甯打了個噴嚏。

「好。」鷹點點頭。

甯走回房間，搬出兩個音響喇叭在陽台。

是首韓語的歌曲。

「這首歌叫花。」甯漱口，說得更含糊了。

鷹聽著聽著，一夜未曾闔眼的他很快就睡著了。

一個殺手實在不該睡在陽台，如此容易被狙擊的地方。

但鷹呼呼大睡到下午。

等到鷹睜開眼睛，對面陽台那首歌還在放。重複又重複地放。

打了個氣味不好的呵欠，鷹困頓地賴在躺椅上，頭髮凌亂。

甯已經不在。

鷹夾著拖鞋回到房間，彎腰，瞄準鏡輕易穿透了被風吹拂的卡通窗簾。

木架上，一幅新的、未完成的畫。

凌亂卻俐落的炭筆痕跡，輕輕勾勒出畫中人物的姿態。

躺在陽台椅子上睡著的鷹。

8

此後，鷹便常常躺在陽台上睡覺。

陽光很舒服，風很舒服。重複閱讀斷裂跳脫的小說章節也很舒服。

醒來後，鷹會揉著眼睛走進屋內，到瞄準鏡後察看甯最新的進度。

從炭筆草圖到色塊塗抹，一天一天，鷹的輪廓、神采慢慢浮現。

但躺椅上熟睡的鷹手中的小說，卻變成了一把手槍。

與其說甯的直覺很妙，不如說甯的偏執很天真。

「不會吧？」鷹瞇起眼睛。

他發覺甯所畫的那把手槍，跟自己慣用的手槍非常接近。

藝術家的神祕加上女人的第六感，真是不能小覷。

有時鷹也會在深夜的樓下便利商店裡，買兩盒牛奶。

甯的那盒，他會先撕開封口，拿到微波爐溫好。

牛奶喝完，鷹便離去。因為他實在不善於找話題。

某天寒流來襲的深夜，不只是店裡，連街上都不見一個人。

鷹呼著白氣，將牛奶遞給櫃台後的甯。

「你是不是想追我？」甯接過熱熱的牛奶。

「還好。」鷹也不知道。

「還好？」甯瞪大眼睛。模稜兩可也不是這樣的吧。

「還可以。」鷹越說越奇怪了。

「喔。」甯哼哼。

鷹不再回話，就這麼站在雜誌區翻報紙，一張又一張攤開，興致盎然讀著。甯在櫃台後看著明天要考的西洋美術史，下巴黏在桌上。

外面的寒流讓氣溫降到七度。

一個小時過去。

「南亞的大海嘯已經死了十七萬人了。」鷹終於開口。

「喔。」甯無精打采。

鷹只好繼續翻著另一份報紙。

半小時後。

「才三天，羅倫佐兒的父母已經收到七千多萬捐款了。」鷹嘖嘖。

「為什麼不是六千萬或八千萬，而是七千萬啊？」甯快睡著了。

鷹深思，但無法得到「就是剛剛好卡在七千多萬」這答案之外的答案。

很冷。

那夜就這麼過去了。

9

巷子裡的陽光跟風都恰到好處，陽台上的波斯菊長得不錯，花莖已成形。

而鷹也接到兩張照片。

一張是亂搞大哥女人的古董商人。

四天後，鷹到花店買了一朵向日葵，配合正午的烈日時分。

一張是愛放高利貸的當鋪老闆。

鷹在天台放了一朵玫瑰，夕陽火紅。

死神餐廳。

「你真是高手。」雇主滿意地交付尾款。

「還好。」鷹看著剛剛切好的牛排，好像有些大小不一？

鷹開始覺得，扣板機這個簡單的動作，比以前更乏味了。

「你今天抽菸了。」甯趴在陽台，鼻子抽動。

「嗯。」鷹翻著小說，他只在殺人時抽菸。

鷹有時候會狐疑，是不是自己是因為戒不了菸，所以才沒有停止接單。

如果是，自己就太變態了，應該認真考慮退休。

甯的喇叭還是放在陽台，還是那首叫做「花」的歌。

「紐西蘭有研究，聽音樂的母牛會擠出較多的奶。」

「嗯。」

「我猜植物聽音樂，會長得比較漂亮。」

「說不定。」

紙飛機劃越兩個陽台，降落在在鷹手中的小說上。

是演唱會的ＤＭ。

「下個月十四號，這個整天唱歌給你花聽的歌手要來台灣開演唱會。」

「嗯。」

「票錢你出。」

「好。」

甯的邀請總是跳過問號。很適合鷹。

鷹看著日曆。

這年頭還會用日曆的人，大概只剩習慣倒數別人死期的殺手了。

下個月……二月啊。

「到了應該談戀愛的時候麼？」

鷹摸著那個自己未曾過過的節日。

如果是，應該要把帳戶給停了。

這是鷹在當殺手前一刻，對教他扣板機的「師父」所作的承諾。

10

多年前，離地三百多公尺的天台上。

高處的風特別大，將師父的風衣吹得獵獵作響。

「當殺手，絕不能說『這是最後一次』。若說了，十個有九個回不來。」師父站著，觀看鷹拆解槍具。

要當殺手，得先熟練殺人後的全身而退。殺手可以失手，但不能逃不掉。快速拆卸槍具，在有如儀式的過程中和緩扣板機後的心跳，也是「能否成功逃脫」的重要課題。

「嗯。」鷹答。

「唯一全身而退的例外是，達到自己第一次扣板機前許下的心願。」師父看著遠方，鷹的動作已不需他擔心。

「嗯。」鷹。

「達到了，就得退出。」師父蹲下。

「嗯。」鷹已經組好，將分離的槍具都放妥在方形槍盒裡。

「退出後就別再拿槍了。說真格的，要不死，當殺手的都會存到好一筆錢。這麼好賺的工作，多幹一次都嫌無聊啊。」師父感嘆。

「嗯。」鷹扣上槍盒。

「所以鷹啊，你要許什麼願呢？」師父端詳著鷹的眼睛。

「……」鷹沉吟。

「別許太難的，像師父這樣到四十多歲還在幹殺手，實在是很丟臉。」師父又嘆氣。

「……師父，你許什麼願啊？」鷹好奇。

「遇到喜歡我、我也喜歡的女人啊。」師父皺起眉頭。

然後鷹許了跟師父同一個願，因為他想了一個小時還拿不定主意。

但鷹還沒看到小說結局，那感覺要斷不斷的，沒有比這個更糟糕的事了。

不，還有。

鷹很篤定地看著陽台上蔚藍的天空。

「要不死，此刻的師父，一定還在哪裡殺著人吧。」鷹笑道。

上次在紐約布魯克林區的街上巧遇剛剛完成任務的師父，兩人相偕去喝咖啡，鷹才知道師父後來出了櫃。

當定一輩子殺手的悲命啊。

11

每次鷹結束一次任務，就會從信箱裡收到一份「蟬堡」的章節。

他沒理會過這份小說怎麼總知道他的新住所，因為每個殺手都會在任務結束時收到一份連載的章節。

這連載的小說像是裝了追蹤導彈似的，如影隨形跟著每個殺手，讓這些最需要隱密，也最自信能夠隱密自己的殺手族類，感到匪夷所思。

上次鷹在執行任務時，遇到另一個殺手。

很巧，他們受雇自不同的委託人，卻都指明同樣的目標。

要殺一個人，就要觀察那一個人的生活慣性，研究出最脆弱的那個

「點」，並思考那個「點」所需要的種種條件。

風阻，光線，角度，警局的距離，人潮的密度，與從容的逃脫路線。

而兩個殺手都因專業因素選了同一個時間、同一個天台，只能說目標真犯了太歲。默契地笑了笑後，兩個殺手聊了起來。

殺手共同的話題便是蟬堡的最新進度，還有相互補充彼此闕漏的章節，兩人大肆批評一番，又開始猜測故事的結局。

最後目標出現。

「怎辦？」對方笑笑。

「自己做自己的吧？」鷹苦笑。

於是兩人同時扣下板機。

鷹從大衣掏出一朵花，放在天台角落。

「原來你就是那個愛種花的鷹。」

「嗯。」

「我是玩網路的月。」

「嗯，這陣子你很出名。」

之後就分道揚鑣，各自尋著計畫中路線離開，各自細嚼難得的相遇滋味。

12

甯是不是喜歡鷹，鷹不知道。一幅畫並不能解釋比一幅畫更多的東西。

不過甯喜歡逗鷹說話，這是可以確定的。

某一次，鷹從躺椅上醒來，走進屋子從瞄準鏡裡觀察那幅畫的進度，卻看見甯正拿著油彩畫著自己的臉，然後拿了顆蘋果到陽台。

「妳的臉。」鷹指著自己右臉。

「嗯？」甯假裝不知。

「被畫到了。」鷹暗暗好笑。

「喔。」甯愣了一下，抹了抹臉。

鷹繼續翻著自行用釘書機釘成的百頁小說。

黃昏了。

甯看著含著花苞的波斯菊，咬著蘋果。

「票我買好了。」甯看著鷹。

「嗯。多少？」鷹。

甯比了個四。

鷹折了架紙飛機，送了四張千元大鈔過去。

這陣子，他已經學會摺紙飛機的二十一種方法。有的折法能讓紙飛機飛得穩，有的折法能讓紙飛機飛得奇快，有的折法可以讓紙飛機飛得顛顛晃晃，有的折法能將風阻降到最低。配合不同的手勁與姿勢，紙飛機跨越兩座陽台的路線可以有七種變化。

甯打開紙飛機，收下錢。

「花什麼時候會開？」甯趴在陽台上，清脆地咬著蘋果。

「恰恰好是演唱會那天。」鷹微笑，難得的表情。

鵝黃色的風吹來，無數成形的花苞搖晃在鮮綠的莖桿上。

鷹期待約會。

但鷹沒打算就這麼結束殺手的身分。

說過很多次了，殺手有很多迷信，最忌諱的莫過於「這是最後一次」的約定。只要鷹還不確定甯是不是喜歡自己、自己是不是真的喜歡甯，他就還是個殺手。

一天和尚一天鐘，一夜殺手一夜魂。

於是鷹又來到了死神餐廳。

「這次也拜託了。」一隻手將桌上的牛皮紙袋，推到鷹的面前。

是上次暗殺肥佬的委託人。

鷹打開紙袋，看著照片，點點頭。

是個名列黑道榜中榜第六名的大人物。殺了這個政商關係俱佳的黑道大哥，委託人在這一帶再無敵手，地盤擴增好幾倍。

「可能的話，請在兩個禮拜內做完這件事。」委託人附註。

「加一成。」鷹直率。

13

如果說當殺手需要什麼天賦，那便是「觀察」的本事。

鷹慢條斯理地觀察目標整整一個禮拜，並想辦法旁敲側擊到目標接下來一個禮拜的行程。

目標在十三號深夜會去情婦家。

在那之前，鷹花了一星期探勘附近的高樓，選了一棟監視錄影機死角最多，視野最好的天台角度。

可惜目標的運氣不好。到了十三號那天，波斯菊還沒開。

於是鷹到花店買了朵百合，然後繞到便利商店買了兩盒牛奶。

如常，鷹將其中一盒放進微波爐。

「去哪？」甯翻著店裡的時尚雜誌。

「殺個人，去去就回。」鷹說，也不知道為什麼要開這種玩笑。

「把自己說得很了不起，是男人在喜歡的女人面前最愛犯的毛病。」甯沒有抬頭，語氣也很平淡。

叮。

「花明天早上會開，花開之前的晚上灑水，會開得最漂亮。」鷹將牛奶盒從微波爐拿出，放在櫃台上。

「你在比喻什麼嗎？」甯捧著熱牛奶。

「沒。」鷹有點語無倫次了。

「殺人很好玩麼？」甯的手比出槍的模樣。

「問我不準。我這個人做什麼都很無聊。」鷹聳聳肩。

「說得跟真的一樣。」

甯的視線停在鷹大衣口袋裡的百合。

「妳有沒有很喜歡看的小說？」

「要想一下。」

「那就是沒有了。」

「問這個做什麼？要借我你常在看的、用釘書機釘起來的小說啊？」

「不。我只是在想，一個很喜歡的故事如果沒看完，會不會很難受。」

「怪問題。」甯搖搖頭。

鷹苦笑，靜靜將冰牛奶喝完，帶著百合離開商店。

一個小時後，鷹出現在高樓天台。

架好槍，扣上瞄準鏡，照例點上根菸。

14

這個夜特別漫長，溼氣也特別的重，城市飄起了薄霧。

罕見的，第三根菸也熄滅了，目標遲遲沒有出現。

長槍的槍管已凝了露水，寒意沁入鷹手背上的毛細孔。

「不大對勁。」

鷹看著目標應當出現的窗口，開始思索目標改變行程的可能性。

只有遲疑了半刻，鷹便決定按照自我約制放棄這次的任務。

但鷹背後的安全門突然被撞了一大下，鷹刻意堆疊在門下的二十塊磚頭只擋了兩秒，便被巨大的力道衝開。

但只要兩秒，就堪堪足夠鷹的應變。

「操，連我們老大的單都敢接！」

幾個穿著夏威夷襯衫的混混衝出，大聲幹罵開槍，火光爆射，子彈在天台上呼嘯。

鷹已冷靜從地上槍盒中，抄出早已預備應付這種狀況的手槍。

蹲踞，將手槍擺架在橫立鼻前的左手上，屏住氣息，穩定地扣下板機。

咻咻聲中，混混一個個倒下，但仆倒的身體卻成了後繼者的最佳掩護，讓這場原本該更快結束的槍戰延長了兩秒。

八秒鐘後，鷹的腳邊躺了七顆發燙的彈殼，安全門前則堆了六個半屍體。

唯一一個勉強活著的混混倒臥在血泊中，呼吸吃力，驚恐顫抖地看著鷹。

他的肝臟上方流出鮮紅色的血，而不是致命的黑。顯然鷹最後一槍稍微偏高了，沒有擊中混混的肝臟。

「說了，就還有命。」鷹蹲下，慢條斯理拆卸槍具，裝箱。

混混沒有選擇，更沒有職業道德，於是鷹很快便了解了一切。

原來鷹的委託人酒醉失言，在三個小時前已反被目標綁架，一番刑求折磨後，終於令鷹的行動曝光。

「但你們怎麼知道我在這裡？」

鷹本想問這句話，卻發覺鄰近的大樓天台都鬼祟著些許人影，然後又迅速隱沒。原來對方仗著人多，索性搜索所有附近的大樓可能作為狙擊場所的天台。想必還在其他樓搜索的混混聽到了槍聲，正趕往這裡吧。

不能久待，也沒有久待的必要。

鷹收拾好槍具就下樓，快速的腳步中還是一派從容優雅。

還未招手，一輛計程車已停在鷹面前。

「和平東路三段。」鷹坐上計程車。

15

看著降到一半的窗外，鷹本能地想要想很多。

但殺手習慣專注，也需要專注。

所以鷹養成了一次只想一件事的習慣，在這種時候也壓抑住鷹的本能。

「想女人？」司機看著後照鏡裡的鷹。

「嗯。」

「任務失敗了？」

「嗯。」

「別在意，我清理慣了。」

「不好意思。」

司機不再打擾鷹的專注，將車裡的廣播音量調低。

後照鏡裡，鷹的嘴角微微上揚。

一定是個很美的女人吧，司機替鷹嘆息。

計程車停了，鷹下車之前忍不住開口。

「你猜猜我會不會收到結局？」鷹。

「別太一厢情願啊。」司機失笑。

「也是。」鷹下了車。

16

天快亮了。

鷹打開樓下快壞掉的信箱，裡頭果然放了新的小說章節。

「可惜沒有The End的字眼。」鷹苦笑。

鷹慢慢走上樓，回到房間，一貫地打開槍盒，架起瞄準鏡。

緩緩地，配合著不輕不重的呼吸，鷹用最細膩的手腕與手指，將鏡頭焦距調整到最飽滿的窺視位置。

甯坐在木架前，背靠著牆坐著睡著了，食指與拇指間還夾著根畫筆。

木架上的畫已經完成。

悠閒躺在椅子上睡覺、拿著手槍的鷹，很有殺手的慵懶味道。

「妳會出名的。」鷹笑笑，撕下當天的日曆。二月十四號。

簡單清理了一下，鷹換了件深色衣服，走到陽台澆花。波斯菊幾乎要開了。

在花幾乎要綻放的時候澆水，花會開得更燦爛。鷹篤信不疑的哲學。

對面的陽台上，甯的音響還是放著那首名為花的歌。

鷹坐下，墨水筆在撕下的日曆紙上寫了幾個字，折成了一架從任何角度都無從挑剔的紙飛機。

然後等著。

等著一道從任何角度都無從挑剔的風。

他很有耐心，因為等待是他最擅長的事。

「來了。」

鷹千錘百鍊的手擲出。

一陣風，托著紙飛機劃過兩個陽台間，那片逐漸湛藍的天空。

鷹躺在椅子上，專注讀著最新章節的小說。

「真想看看下一章啊。」鷹微笑，慢慢睡著了。

17

「好美。」對面陽台搖曳一片金碧黃澄，波斯菊開得很美很美。

鷹說的沒錯。

甯含著牙刷，趴在陽台，欣賞著熟睡的鷹。

「愛看小說的豬。」甯將音樂關小時，發現地上的紙飛機。

二月十四號日曆上的兩串號碼，跟一句很美的話，甯反覆看了好幾遍。

甯神秘兮兮地將人像油畫推立在陽台上，想給醒來的鷹一個驚喜。

「情人節快樂。」

甯的手裡捏著兩張演唱會門票，靜靜等待鷹「嗯。」的一號表情。

金黃陽光灑在油畫上，鷹輕握的手槍閃閃發亮。

很美的波斯菊，幾頁沒有結尾的小說。

一架載著愛情咒語的紙飛機，再沒有距離的兩個陽台。

三個月後，目標還是死了。

現場一片狼藉。不僅目標的心臟被刀子狠狠捅破，保鏢全數斃命於從高處天台掠下的子彈。彈無虛發。

從鷹的高度，用鷹的手法，屬於鷹的天台。

只是天台上沒有花。僅有幾張燒成灰燼的小說章節，紀念著什麼。

有人說，雖然目標的死另有其人，但將保鏢全數殺死的人肯定是另一個神槍手月。

但殺手不幫殺手報仇。除了某種約定。

所以也有人說，那幾槍終究還是鷹師父下的手。

不管事實如何，那一定又是，另一個故事了。

kill er

殺手 G

登峰造極的畫

1

一雙巨大的眼珠子，正貼著地，瞪著地上的骨牌。

老人小心翼翼將一張張骨牌往後疊好，生怕一個不小心，此番心血便要從頭再來。如果有人能吸黏在天花板上，便會發現骨牌的形狀是一個太極圖。

黑與白，簡單的對比，工整的平衡。果然像老頭子會堆的東西。

「還剩下十三張黑色骨牌啊。」老人心底數著。

不吉利的數字，糟糕的顏色。

所以死神降臨。

老人身後的影子，不知何時站立著一個身穿黑色西裝的男人。

黑色的西裝裡是件黑色的襯衫，黑色的襪子，墨鏡。

活脫像是，從老人影子裡浮出的延伸物。

「不好意思。」

男人的手裡有槍，毫無猶豫抵著老人的腰際。

老人還沒反應過來，滅音槍管裡的子彈，快速從後腰貫叉進老人的肝臟，然後破出前面的肚皮。

灼熱的彈頭在地上鏗鏗打轉。

男人很清楚，子彈破壞這些部位後、蠶食鯨吞老人生命所需的時間。

那是他的優異天賦。

「請您忍耐十七分鐘。」男人雙手合掌，一臉的不好意思。

男人將瀕死的老人輕輕往旁邊擺好，接過他手中的骨牌。

「骨牌啊……我還以為上次那張拼圖已經夠扯的了。」男人吐舌，然後深呼吸，屏氣凝神。

雙膝跪下，雙肘靠地，像隻匍匐溫柔的貓，男人謹慎地將剩餘的十三張骨牌擺好，位置精確無誤。

一千張黑色，一千張白色。完美的太極。

「還行？」男人看著老人。

老人嘴巴開開，神智迷離，但仍微微點頭。

男人牽起老人右手，藉著老人的食指輕輕推倒第一張骨牌。

太極在接下來的四十五秒內飛快倒下。

由黑變白，自白而黑。陰陽共濟。

老人點點頭，困頓不已。

地上都是血。

老人很疑惑。為什麼這個一身黑的男人，能夠無聲無息來到自己背後？

這是某知名建設業董事長辦公室，位於某知名大樓的十七樓，樓面是連貓都上不來的玻璃帷幕。

辦公室外面，除了三十個員工辦公的地方，走廊上還有四個大樓保安，以及兩個高大的私人保鏢。

這個男人不是不簡單，根本就是太可怕。

但老人還有個更重要的不明白。

「是誰雇你？」

「你知道我不能說。法則二。」

男人看著錶，十七分鐘了。

老人闔上眼睛。

男人離開房間前又回頭，再看了一眼那染血的太極，突然開口。

「G……我的名字貼在佈告欄也無妨。」

2

雖然沒有人能證實，但G可能是最強的殺手。

很多殺手都這麼認為，那些躺在墳墓裡的人也會同意。

夜下著雨，氣象局說這雨會連續下上三天。

路邊攤，一間簡陋到不配擁有名字的居酒屋。

一桌小菜，一瓶酒，塑膠簾帳延伸至路邊。

兩個中年男子對坐。

一個動作拘謹，神色緊繃；一個則不停夾菜，穿著誇張的花襯衫。

雨水沿著簾帳，輕輕滴落在桌腳，在夜的濃重下，有種廉價的詩意。

「這麼狠？」拘謹的中年男子有些侷促。

「狠？如果以他從沒失手過這一點，他是很狠。女人、植物人、流氓、上校、甚至是小孩子，不需要理由，只要給他一張照片，一筆錢，他連自己的國中老師都殺。」花襯衫男子大笑，舉起酒杯，自行用力敲碰拘謹男子的玻璃杯。

「既然如此，那……為什麼G這麼便宜？」拘謹的中年男子有些狐疑。

「做生意嘛老闆，有的便宜有的貴，不是每個目標都那麼難殺的！」花襯衫男笑得很鄙俗，露出一口被檳榔液漬紅的牙齒。

「喝！」花襯衫男為中年男子斟酒，臉上猥瑣的笑已經持續一個小時。他有份不知道稱不稱得上高雅的工作，G的經紀人。

酒瓶底下，壓著張昨天的報紙，酒水將上面的字暈開。連續一個禮拜的報紙頭版都長得很像，職棒某隊的打擊好手「又」遭到暗殺，橫死街頭。

「這也是G的傑作。」經紀人哈哈一笑，挪開酒瓶。

拘謹男子瞪大眼睛，這可是今年最離奇的大案子啊！

「唉，G的老毛病犯了，也管不著新聞會搞得多大。」經紀人。

「嗯？」拘謹男子不解。

「G是個囉哩八唆的殺手。他每殺一個人，一定想辦法替他完成生平最後一個願望。」經紀人大笑。

3

一個禮拜前，也是在這間居酒屋。

「不給我假放啊？」G戴著墨鏡，夾起不知道衛不衛生的生魚片就吃。

「想停就停啊，又沒人逼你。」經紀人開了瓶金牌啤酒，笑得很皮條。

也是。

G邊嚼著，打開牛皮紙袋。

照例，裡頭是一張目標照片，跟一張彰化銀行的匯款證明。

G是個相當「在地」的殺手，吃的很土，穿得很隨性，喜歡的女人類型也沒什麼特別。什麼把錢存在瑞士祕密戶頭這種事，對他來說簡直是不可思議。所以經紀人不只幫他接單，還幫他收款，然後把錢轉存到彰銀。

這次的目標很奇特，是中華職棒目前表現最佳的全壘打王，彭。

截至目前為止，彭的全壘打數遙遙領先群雄，打擊率更飆到〇．四三，有四割男的霸號，是每個投手最不想遇到的一號打者。

「有誰會想殺他？全壘打數排行第二的傢伙？還是快要跟他對決的投手？」

G是個多嘴且貪嘴的殺手，又夾了兩塊炒螺肉塞在嘴裡。

「誰知道？總是有人看不慣愛出風頭的人啊。」經紀人打量著G，故意問道：「還是你是彭的迷，所以乾脆放過他吧？我沒有意見喔。」

G沒再說話，眼睛已經被隔壁桌露大腿的女人給吸引住。

他剛剛只隨口問問。他連國中導師都殺過了，何況素昧平生的全壘打王？

「什麼時候下手？」經紀人愉快地喝酒。

「減肥吧胖子，管我這麼多？」G還是看著隔壁女人的大腿。

得想個勾搭的開場白啊……

4

腳步輕盈是殺手久經訓練後的職業慣性。

對G來說，就算快步奔跑，也像貓一樣的安靜。

所謂的天才，其實就是願意比其他人付出倍數努力的耐力之王。

全壘打王，彭，就是這個法則的苦行者。

比賽結束，所有人離去，彭獨自在重量訓練室待了一小時半，才滿身大汗去洗澡。

「真令人感動。」

G鬼魅般穿過球員休息室，無聲無息走到淋浴間外。

剛洗好澡，走出淋浴間的彭一個大驚，轉身。只見全身黑衣的G坐在幾乎赤裸的自己身後，正在擤鼻涕。

「不好意思，我鼻子不好。」G搔搔頭，鼻子都擤紅了。

「你是誰，怎麼會在……」彭傻住，趕緊用毛巾遮住生殖器。

哪來的瘋狂球迷啊！還是個男的！

卻見這位瘋狂的球迷從衣服裡掏出一把槍，一手用力擤鼻涕，一蹭，另一手自然而然扣下板機。

子彈咻一聲穿進肝臟，彭身軀一震，黑色的液體從腹下緩緩流出。

彭瞪著G。

G感到有點不好意思，趕緊將衛生紙收進口袋。

「是誰要殺我？」彭慢慢坐下，按住傷口。

鐵打的漢子。

「不知道。」G聳聳肩。

「一定是張……我的全壘打數超過他，一定是他！」彭忿忿不平，額頭已經冒出死亡氣息的冷汗。

G露出無辜的表情，跟他無關。

「說吧，我可以替你完成最後一個心願。」G說，這是他的行事風格。

「沒用了。」彭看著黑色的液體，不斷從手指縫中滲了出來。

他看過許多黑幫火拼的電影，知道這是血液和著肝臟汁液的血色。

至多，只能再活二十五分鐘。

「張出多少？我……我出兩倍價錢，你幹掉他。」彭很表情痛苦。

「唉，別把臨終心願浪費在殺另一個人身上。」G誠懇建議。

「哼，我想當這球季的全壘打王，你……你又能替我辦到？」彭冷笑，笑得很辛苦。

他的腳已經發冷，嘴唇也白了。仗著運動員的體魄與意致力，彭才能勉強不使自己昏倒，但視線已經開始旋轉。

G點點頭，從口袋裡拿出一顆球，一枝黑色簽字筆。

「別忘了簽上日期，全壘打王最後的簽名球一定很值錢。」G笑。

彭死了，留下二十七隻暫時領先的全壘打數。
第二天晚上，記錄緊追在後的張也死了。
死因是槍殺，肝臟破裂。
第三天晚上，排行第三的洋將好大力也死了。
死因是槍殺，肝臟破裂。
第四天晚上，頗富經驗的左打老將也倒地不起。
死因是槍殺，肝臟破裂。
第五天，連續一週的報紙頭條都在追蹤「全壘打死亡魔咒」的靈異報導。
有警方含糊其詞，說已鎖定幾個特定的嫌疑犯，調查期間不便透露。
有球員繪聲繪影，這肯定是韓國代表隊下的手，好削弱下一屆亞洲盃台灣隊的實力。

更有讀者投書爆料，他們在半夜裡、某個不知名的車站小月台，看見死去的全壘打王……

但這些都不重要，重要的是G兌現了他的承諾。

G很清楚，雖然球季只進行到一半，但在這個球季結束之前，不會再有強棒膽敢接近二十七隻全壘打。

莫名的戰慄感會緊緊纏繞在每個強打者，每一次的揮棒中。

5

雨開始變大。

水滴打在塑膠棚頂上，提供了震耳欲聾的背景音樂。

拘謹男子戰戰兢兢地看著經紀人。

「這麼囉唆？那他到底行不行？」拘謹男子不安。

「這年頭誰沒有職業病？當殺手的職業病千奇百怪，G啊，就是愛蘑菇。話說回來，只有最厲害的殺手才有工夫婆媽啊，要是我自己想殺人，也一定找他。」經紀人的眼睛透過酒杯，彎彎曲曲。

面對似是而非的說法，拘謹男子顯得有些不以為然。

經紀人世故地笑著，他太喜歡說G的故事了。

「記得有一次，香港有個造型師搞砸了一個大歌手的頭髮，毀了他的演唱會不說，還跳槽到大歌手的死對頭前女友那邊，我操，大歌手當然不高興啦，於是雇了G幹了他。」經紀人喝了一口酒，露出「這就是人生」的愉快表情。

6

兩年前，香港旺角。

某電視大樓第七層，一個綜藝節目專屬的化妝間。

距離錄影還有兩個小時，愛漂亮的女明星先一步坐在個人化妝室，翻著時尚雜誌，任由造型師為她打理頭髮。

等一下她要在節目裡假裝被「突如其來的爭吵」嚇到哭，然後工作人員會推出一個大蛋糕為她慶生，再然後她必須感動到又哭又笑，最後獻唱一首最新專輯的單曲做為回報。

「琦姐，說真格的，我做過這麼多女明星的頭髮，就屬妳最天生麗質了。」造型師嘴很甜，逗得女明星眉開眼笑。

「真有你說的了。」女明星看著鏡子裡的自己，的確是美呆了。

唉，人美聲音甜，腿長胸部大，難怪陪富商睡覺的價碼一直居高不下啊，天生麗質這成語不就是為自己發明出來的？女明星幽幽嘆了口氣。

造型師拿起小剪刀，仔細地修飾女明星的髮尾，不禁想起一個月前他收了女明星六十萬港幣，在她死對頭的演唱會前夕，將那位大歌手的頭髮咻咻剪壞，迫使那位性格歌手戴了整晚的帽子。

造型師不禁笑了起來。

「琦姐，妳看我將妳剪得多美？」造型師抬起頭，看看鏡子前的作品。

女明星與造型師同時嚇了一大跳，偌大的鏡子裡，竟多出一個全身被黑包覆住的謎樣男人。

黑衣客站在兩人的身後，左邊鼻孔塞了一團衛生紙，手裡一把黑色的槍。

「咻。」

造型師捧著腹部的創口斜斜蹲倒，臉色死灰。

女明星震驚不已，害怕得無法動彈。

「我叫G，雖然不是造型師，不過還是請多多指教。」黑衣客G神色歉然地收起槍，彎腰拿起造型師手中的剪刀，說著不太正確的廣東話。

女明星臉色慘白。

「有打算怎麼剪嗎？」G煞有介事地看了看蹲坐在地上的造型師。

造型師張大嘴巴，一句話也說不出，只是喘著氣。

G只好快速回想這幾天看過的四十六個漂亮美眉，一邊將鼻孔裡的衛生紙噴出，丟到垃圾桶裡。過敏性鼻炎老是糾纏著他。

「有了，我昨天在銅鑼灣街上看到一個正妹，我幫妳剪她的髮型好不好？」

G端詳鏡中害怕得發抖的女明星。

女明星當然不敢反對，戰戰兢兢點了頭。

G鬆了口氣，手上的剪刀開始跳舞，落髮翩翩。

女明星全身僵硬，雙腳在發抖。

「對了，妳跟那個小天王的緋聞是不是真的啊？」G一邊剪著，漫不經心地問起前兩期壹週刊的報導。

女明星卻突然哭了出來，哭得花容失色。

「哭什麼？當藝人被狗仔跟拍是常有的事，習慣就好啦。」G安慰。

女明星哭著搖搖頭，崩潰哀求：「求求你別殺我，你要我做什麼都可以，不，你什麼時候想做什麼時候都可以，只要你……」

越說越離譜了，實在是亂七八糟。

G輕鬆自在地剪髮，莞爾道：「又沒有人付錢殺妳，我殺妳做什麼？子彈不用錢嗎？肩膀放輕鬆不要亂動，我才比較好剪。」

女明星抽抽咽咽，妝都花了。

五分鐘後，G耳根子發燙。

「剪得不大像，大概是我記性不大好吧。」G有些困窘。

豈止不太像，簡直差很多。幾乎是個不會再引領流行的復古西瓜頭。

「還行嗎？」G厚著臉皮，看著奄奄一息的造型師。

造型師神色迷離地點點頭，不知道是真的認同，還是迴光返照。

「還行嗎？」G看著鏡子裡的女明星。

女明星點頭如搗蒜，忙說：「我很滿意」。

G很高興，放下剪刀，拿出黑色的手機，將自己靠在女明星旁。

「可以跟妳拍一張留念麼？畢竟這是我第一次幫人剪頭。」G很期待。

女明星點頭點得更快了，還趕緊親密地拉著G的手，擠出一個燦爛到不行的招牌笑容。

啪擦。

「謝啦！」G很樂，拍拍女明星的肩膀。

女明星呆呆地看著G瀟灑離開化妝間的背影。

無法形容的，大夢初醒的解脫感。

7

拘謹的中年男子將牛皮紙袋放在桌上。

從這一刻起，正式成為委託人。第一次委託殺人。

「這年頭要找個有原則的人，不管在哪個行業都很困難啊！」經紀人感嘆，點收裡頭的鈔票，只留下其中幾張當作佣金。

雨小了，店也快打烊了。

「能貫徹原則的人，都值得信賴。」經紀人眉毛揚起，看著遠處一把黑色雨傘。

雨傘下，一個削瘦的黑衣客慢慢走近居酒屋。

G。

委託人打了個冷顫。

黑色的雨傘停在塑膠斗篷下，一隻大小剛剛好合適握槍的手伸出傘。

露出黑色皮衣袖口的，是隻沾滿各種顏料的手。

這個男人的動作，彷彿是一連串藍色調鏡頭的切換所組成。

經紀人將牛皮紙袋交給G時，忍不住看著G沾滿顏料的手，嘆了口氣。

「明明知道，可你還是接了。」經紀人不置可否。

「婊子無情，殺手無義。」G接過牛皮紙袋，看都不看委託人一眼，說：「你該不會以為，自己做的是慈善事業吧？」

委託人大氣不敢透一下，更不敢近距離凝視G藏在墨鏡底下的眼睛。

「其餘的我會匯進彰銀的戶頭，別亂花啊。」經紀人失笑，看著G夾了一塊生魚片沾著芥末就吃。

G轉身走人，黑色雨傘隱沒在飄著細雨的暗街。

很有殺手輓歌的詩意。

應該放在電影結局的一幕，卻只是故事的開端。

8

「約翰！」

尖叫聲迴盪在空蕩蕩的大畫室裡。

原本拎在手上的購物袋，失神似地掉落在木質地板上，裡頭的水果與書本散落一地。

顫抖的手，一對噙著眼淚的美麗眸子，無法置信地看著一個坐倒在椅子上的男人。

女人緊緊抱住男人冰冷的身軀，痛哭失聲。

「是誰殺了你……是誰殺了你殺了你為什麼要殺了你……」女人幾乎要暈厥，頹然跪在地上。

椅子上，男人的右下腹還是溼濡一片的赭。

但男人像是在笑，一臉蒼白的滿足。

女人勉強鎮定下來，用她的專業審視起她的畫家男友。

男友沾了膠的頭髮後方，凌亂地散扁開。

女人深呼吸。

不知名的殺手一槍貫穿男友肝臟時，男友顯然坐在椅子上往後墜倒，但旋即被殺手扶起。

為什麼？

殺手想問男友什麼？是衝著自己來的嗎？為什麼男友在笑？

順著男友死前的餘光，女人轉頭，看向掛在牆上巨大的油彩畫。

那是幅極其矛盾的畫，她已看過無數次，男友終日面對它，塗塗抹抹整整半年，視它為靈魂澆鑄的生平代表作。

畫中，全身散發白光的天使與手持火叉魔鬼的交戰，典型的善惡對立，充滿了宗教的神聖。光與闇，白與黑，雲端與地獄。

但一直未完成的左下角卻被塗滿，以完全迥異於整幅畫莊嚴風格的筆法。

不，一點都沒有所謂「筆法」的可能……任何人都無法承認。

那根本是小孩子隨興的塗鴉，毫無技巧可言。一團幼稚的鬼臉就這麼突兀地強塞在畫的角落，亂七八糟不說，還完全搶奪了觀注這幅善惡對戰之畫的焦點！

只有一個人會這麼無聊。

「混蛋……」女人緊緊握住拳，咬牙切齒。

女人站了起來，擦去淚水，輕輕吻了男人上揚的嘴角，轉身走向牆壁，一腳踩扁丟棄在巨畫下方的兩團衛生紙。

她回想起最後那把槍藏在位置。

於是她走到畫室後的臥房，打開衣櫃，換上經典的紅色短皮衣，一腳踢破衣櫃後的薄木夾板，從裡頭掏出一柄沉甸甸的散彈槍，與十七盒彈夾。

那是為了防範仇家尋上門報復而存在的後路，現在有了差不多的理由。

當初女人退出殺手行列，恢復平常人的身分，換了新的名字，是因為她達成了找到生命伴侶的願望。她應得的。

而現在……女人想起了她以前的代號。

霜。

「G，你一定要付出代價。」

9

G也不曉得，他幹嘛老是要這樣。

其實他並不是個勤勞的人，連困擾多時的過敏性鼻炎他都懶得去醫院掛號，卻老為即將死在自己槍下的人做完最後一件事。

是一種自我救贖的儀式？

不，G不需要。

即使真有地獄那種有害健康的機構存在，只要G的手中有一把槍，就算被牛頭馬面再殺死一次，他也覺得很公平。那是自己技不如人。

或許，G陷入了「殺手要有自己的風格」的迷思裡。

或許，這是G的殺手本能。

或許，這跟G當初許諾自己「退出殺手行列的條件」有關。

這點連他的經紀人也不知道，更管不著。

「哈啾！」

坐在最後一班的公車上，G將擤完鼻涕用衛生紙包好，偷偷放在身邊呼呼大睡的高中生書包裡。打開牛皮紙袋，將幾張鈔票胡亂塞在褲袋，看著裡頭唯一一張的照片。

「還蠻漂亮的，可惜子彈不知道。」G嘖嘖。

照片裡的女孩真美，紮著G最喜歡的馬尾，左邊臉頰有個小酒渦。

「年約二十歲，喜歡吃薄荷巧克力，不喝咖啡，打籃球是三分線射手。」

G胡言亂語，自己笑了起來。

看目標的照片毫無道理地分析，是G的樂趣之一。

翻到照片背面，上頭依慣例寫著名字、地點、與時間。

黃微真，聖心醫院632病房，時間未定。

10

一個星期後，晚上。

計程車停在台北復興南路二段，G的經紀人醉醺醺地摔出車，一手扶著路邊貼著「不可崇拜偶像」的電線杆，一手抱著鼓起的肚子嘔吐。

正當經紀人吐得不可開交時，地上的影子多了一個。

背脊一涼，經紀人立刻知趣地乾笑兩聲。

「是霜吧？」經紀人沒有回頭，他早就在等這一刻了。

霜用刀子指著經紀人的背脊，第六節椎骨與第七節椎骨之間的縫隙，那是最有效率癱瘓一個人的位置。

「G呢？」霜冰冷的聲音。

「殺手的職業道德之二啊，霜。」經紀人用袖子擦掉嘴角的嘔吐物殘餘。

「去他的職業道德。」霜的刀子微微前傾。

經紀人哎呦喂呀地叫了一聲。

「妳跟G也在一起過，妳該知道他沒這麼無聊。委託人另有其人。」經紀人苦口婆心，語氣還是笑笑。

「我知道，所以我自己查出了委託人，殺了他全家。」霜丟下一份晚報。

頭條：知名畫家一家五口葬身火窟，疑似電線走火。

「真了不起。」經紀人嘖嘖，霜這傢伙一下子就找回了殺手的靈魂。

「再問你一次，G呢？」霜的聲音，比刺進經紀人背脊的刀子還要冰冷。

這說明了她的堅決，不會因為任何阻礙退卻。

誰輕忽了女人的恨意，就要倒大霉。

但經紀人突然笑了出來，從上衣口袋裡掏出一張小紙片。

「早就寫好了，等妳來問我要呢。」經紀人說，手指夾晃著紙片。

霜接了過去。

她明白，G的經紀人對G的信心，已經到了盲目的地步。

「你覺得我殺不了他？」霜瞇起眼睛，握住皮革刀柄的手，越來越緊繃。

「只有領悟槍神奧義的人才殺得了G。但除了G，誰也領悟不了槍神奧義。」經紀人拉開褲子拉鍊，索性在路邊小解起來。

霜冷笑，將刀子收進紅皮衣的袖子底，踏步離去。

11

聖心醫院，六樓的電梯門打開。

G拿著一束波斯菊走出。

沒有別的原因，只是他路過樓下花店時，覺得盛開的波斯菊的香氣很有「感覺」，而且賣花的女孩很漂亮。

G最受不了女孩子漂亮了。

「632病房啊……原來在另一棟標示不清。」

G走在A棟與B棟之間的天橋上，那是醫院建築物裡除了庭院跟天台外，唯一能讓陽光跟風直接撫慰人們的地方。

這讓G的鼻子好多了，心情也格外暢快。

「是什麼原因，那個臭大伯要殺一個小女生？怕婚外情爆發？被仙人跳？純情少女不想墮胎所以想來個一屍兩命？」G隨便亂想時，已走到病房前，無聲無息推開門。

單人房。

一個長髮女孩站在窗邊，金黃陽光灑在她的身上，好像落入凡間的天使。

G本已掏出槍，皺了皺眉頭，然後將槍收了起來。

這絕非因為女孩真的很美。

因為G在倫敦殺過一個比女孩更美十倍的金髮模特兒，也在巴黎轟爆一個白爛的絕美女殺手。沒什麼好說的。

而是因為，浸浴在窗前陽光的女孩，眼睛蒙著一塊白布。

「從我住院起，沒有人送過我花。」女孩靜靜地說，手摸著淡黃色的窗簾。

G坐在訪客的塑膠皮椅上，將花插在一只空瓶子裡。想了想，G拿著花瓶，起身到病房裡的洗手間倒了些水。

「波斯菊？」女孩還是站在窗邊，聲音很平靜。

「嗯啊，妳的鼻子比我靈一百倍，了不起。」G抽起桌上的衛生紙，擤了擤她的爛鼻子。

女孩緩緩側身，面對著正把擤過的衛生紙團當籃球丟的G。

隔了一層厚厚的紗布，女孩卻彷彿透視了G一樣。

G被「瞧」得挺不自在。

「你是來殺我的吧。」女孩淡淡地說。用了句號，而不是問號。

G一愣，衛生紙團投出，只碰到了垃圾桶的邊角。

「照片裡妳綁著馬尾，那樣比較好看。」G拐了個彎承認。

真是難以置信。

「我叫微真。」女孩說，語氣彷彿是在說上一輩子的名字。

「我叫G。」G蹲在地上，打開冰箱，裡頭只有幾瓶法國礦泉水。

自己拿了一瓶，也幫微真倒了一些在桌上的馬克杯裡。

「為什麼還不動手。」微真摸索著，捧起了馬克杯。

「……」G想了想，想不出有趣的句子回答這個問題。

糟糕，陷入窘境了。

真難想像自己會變成不有趣的殺手。

「其實平常我很厲害的。」G用手指比出槍的模樣，發出咻咻的聲效。

「喔？」微真也坐下，捧著馬克杯小心翼翼喝著。

不算認真的回應。

「更精確地說，我超屌的。」G只好補充，氣氛有些尷尬。

「卻不敢殺一個眼睛看不見的女孩子？」微真微笑。

語氣不像是諷刺，倒像在安慰G。

「別自以為是了，我連植物人都敢殺。」G反駁，卻覺得其實沒什麼好得意的。

微真點點頭，但G無法確認微真是否真正同意了。

「幹我們這行的都知道，厲害的殺手才有時間蘑菇，婆婆媽媽的搞出自己的一套。我呢，就是習慣為目標……嗯，目標就是像妳這樣的人……我習慣為目標達成最後一個願望才掛了他，或是先觀察目標想做什麼，放給他一槍，然後再幫他達成願望。」G說，越說越不明白自己在解釋個什麼勁。

「如果弄不清楚對方想做什麼呢？」微真的頭斜斜，傾聽的姿勢。

「問啊，如果他死也不肯說，我能有什麼辦法？就自做主張囉。像植物人那次啊，我看那個照顧他的護士老是暗中作弄他，所以我就在他床前先斃了那白爛護士，然後再斃了他。」G不厭其煩。

或許是因為這次的目標太不具威脅性了，所以G特別放鬆。話也特別多。

「……原來如此，我全懂了。」微真點點頭。

G鬆了口氣，翹腿大口喝起礦泉水。現在就等待微真許願了。

「我不喜歡空調。」微真。

「嗯？這樣啊……」G開始思索醫院的電源總開關在哪，一槍爆了線路吧。

但想想不對，全面斷電茲事體大，醫院可能要陪葬好幾百人。

「不難的。你可以幫我把上鎖的窗戶打開麼？」微真手摀著嘴，好像在笑。

「這是妳死前的最後一個願望麼？」G有些難堪。

「不。」微真搖搖頭：「你不想做就算了。」

G抓著腦袋，又糟糕了。這樣就變成「順手之勞」而已。

「好啊。」

G乾脆拿出槍，咻一聲精準地破壞窗鎖，整個玻璃震動了一下。

微真站起，手伸出，試探性感覺窗戶的位置，然後輕輕推開。

一陣風吹了進來，將淡黃窗簾與微真的長髮揚了起來。

微真笑了。慢慢找到椅子，將它推到窗戶旁，坐下。

「不大對啊，照片裡的妳，左邊臉頰明明有個酒渦的？」G蹲在微真旁邊，手指刺著微真的左臉。

刺刺。鑽鑽。

「那個酒渦，在我快樂的時候才會出現。」微真幽幽地說。

伸出手，慢慢在空氣間梳刷著什麼，好像風是有形的撫慰。

G搔搔頭，站起來：「我看這樣好了。我去買一點有味道的飲料，回來時妳就要告訴我妳想做什麼後再被我殺掉，當然啦，妳也可以趁這個時候叫醫院警衛過來，我是不會覺得怎樣，別介意。」

微真點點頭。

已走到門邊的G轉過頭，隨口問：「要不要喝點別的什麼？汽水？牛奶？珍珠奶茶？還是吃個布丁？」

「吃了會死嗎？」微真莞爾。

「舉手之勞而已。」G聳聳肩。

「越多越好。」微真頗有深意的表情。

12

G從醫院樓下便利商店回來時，兩手各提了滿滿的大塑膠袋，裡頭有各式各樣他喜歡的零食跟飲料。腦子依舊在胡思亂想。

他幻想，那女孩臨死前會不會想做愛？如果是自己的話，臨死前的確會想這麼做的。一想到這種可能，G就覺得精神抖擻。

但也回憶起很不好的往事。

打開病房，裡頭並沒有荷槍實彈的警察，微真坐在病床上聽廣播。

「買很多呢。」G打開冰箱，將飲料胡亂塞了進去。

微真撫摸著手上的戒指，廣播正放著披頭四的yesterday。

「接住。」G朝床上丟了罐仙草蜜。

微真伸手一抓，卻抓了個空，飲料罐正中她的鼻子。

「痛死了。」微真皺眉：「是什麼？」

「阿甘他媽不是說了，人生就像一盒巧克力，妳永遠不知道會吃到什麼口味。對瞎子來說，飲料也是一樣的道理。」G說，自己開了一罐咖啡。

G不想主動提死前願望的事。

對這樣人人都殺得死的目標來說，一罐飲料的時間實在沒什麼好小氣的。

微真打開飲料，喝了一口，露出很好喝的表情。

G很愉快。

「對了，像妳這樣一個普通女孩子，怎麼會猜到有殺手要殺妳？」G翹起腿，好奇問：「有什麼徵兆？妳有超能力？我這個人其實是相信超能力的。」

微真沒有說話，這個問題的答案像強力膠一樣，將嘴巴整個黏住。

久久。

「做你們這行的，會告訴被害人你們的雇主是誰嗎？」微真終於開口。

「不會，這是法則。」G想了想，又說：「不過我想說也沒用，因為我根本不關心，我都將雇主的部份交給經紀人。我只是喜歡私下亂猜，但答案對我來說並沒有什麼吸引之處。嚴格來說，我的雇主是鈔票，但目標通常不會這麼認同。」

G打開一包乖乖，吃了起來。

「雇主，是我未婚夫的爸爸。」微真說。

13

深夜，北台灣。

一輛在高速公路上快速行駛的租賃汽車上，一對逃家多日的小情侶，一隻陪伴他們流浪的小黑貓。

男孩莫約二十初歲，一手握著方向盤，一手旋轉廣播鈕慢慢尋找，最後停在西洋懷念老歌的頻道上。

女孩抱著小貓，看著車窗外的細雨。

雨珠在玻璃上緩緩匯集、一束束流落。

模糊的車窗玻璃，照映著女孩一臉的幸福。

「微真，對不起。」男孩嘆了口氣，語氣中充滿了悔恨。

「志，不要這麼說。不管以後會不會在一起，這次私奔都是我們之間最浪漫的事。」女孩甜甜一笑，小貓撒嬌似舔著她的下巴。

她回想起兩人一起的甜蜜時光。

志與她從大二起就是班對，交往了兩年，中間諸多歡笑淚水，畢業後男孩帶女孩回家，希望能共結連理。

本以為男孩的父母會給予祝福，但身為某企業董事長的父親卻大發雷霆，因為他已經作好藉兒子進行一場商業聯姻，擴大集團體的準備。

女孩的出現，完全打亂他的計畫。

「如果妳執意跟我兒子在一起，妳就要付出慘痛代價。」嚴酷的父親說。

正當女孩傷心欲離時，兩個月前某夜，男孩喜孜孜地為她戴上一枚戒指。

「走吧，等我們躲到全世界人都著急的時候，爸就懂得祝福我們了。」男孩保證，緊緊摟住她。

一個半月了。

這對情侶的旅費因男孩父親凍結銀行存款，使得他們過得很清苦，吃不好，睡不好，就連這台租來的車子也已超過契約兩個禮拜。

但女孩無怨無悔，只要摸著手中的戒指，她就感覺無限滿足。

後照鏡裡，一輛不斷閃著大燈的黑色賓士。

「有人在跟蹤我們。」男孩皺眉，踩下油門。

豐田汽車衝出，但跟在後頭的賓士輕易就咬住了尾巴，無法拉開距離。

車子的時速已經高達一百四十公里，風切聲隆隆作響，十分可怕。

「志，回家吧。」女孩低下頭，眼淚不斷流下。

「不。」男孩咬牙，油門已經探底。

那輛賓士，一定是男孩父親請的徵信社之類的，目的可不是單單跟蹤而已，不斷閃爍的大燈正示意著必須帶他回家的現實。

兩車就這麼疾駛，在賓士刻意保持緊咬豐田的情況下，二十分鐘過去了。

廣播的老歌節目裡，正播放披頭四的yesterday，慵懶的唱音與兩車間的肅殺成了強烈的對比。

雨大了起來。

小貓感受到車內瀰漫著悲傷的氣息，全身在女孩懷中縮成一團。

女孩擦去眼淚，抬頭看著男孩，笑了。

「可以了，志，你已經證明了對我的愛，我不會怪你的。」女孩溫柔的聲音。

握緊方向盤的手突然顫抖了起來，男孩大哭。

就在此刻，車子輪胎突然打滑。

聖心醫院，632單人病房。

一個殺手，一個盲女。

「所以，車子打滑出了事，男孩死了妳卻活下來，於是男孩的企業家爸爸聘雇了我來殺妳？」G坐在塑膠皮椅上，又旋開一罐柳橙汁。

微真點點頭，第一次露出哀傷的表情。

黃昏的餘暉落進了病房，吹暈開房間裡的波斯菊香。

「說了這麼多還是得死啊，妳的願望是什麼？」G笑笑，打了個嗝。

微真舉起手，摸著手指上的銀色戒指。

「我想再看它一眼。」

14

廢棄的舊公寓裡，閃晃著一個矯捷倏忽的紅影。

忽明忽滅的日光燈管下，十八個房間，二十一個吊在半空中、或擺在桌上、或放在樓梯間的綠色玻璃瓶。

滴滴答答的秒針晃動聲。

紅影手中拿著一把散彈槍，寂靜地穿梭在傾頹的窄小空間。

瞄準，發射，閃躲，快速切換彈夾。然後又是瞄準，發射，閃躲。

二十一個玻璃瓶在散彈槍的威力下一一應聲而破，無一闕漏。

紅影走出舊公寓，來到公寓下的老鞦韆。

美麗的霜。

「及格了，二十一槍，四分二十七秒。妳恢復得真快，比許多現役殺手用的時間都還要短。」一個長髮男子看著手中的碼表，嚼著口香糖。

西門，知名的殺手訓練師。想成為殺手？找西門，有打折。

西門鞋子踩著一只塑膠箱子，箱子裡都是空玻璃瓶。

「你幫我。」霜。

「實在是不好意思，雖然我也蠻喜歡妳的，但還沒有喜歡到要跟G手上那把槍拼生死的地步。」西門吹大泡泡。啵。

霜很清楚自己不是G的對手，至少目前還不是。

所以霜雇用西門，請他訓練自己在最短的時間內恢復殺手的本能，在這棟舊公寓裡佈置設施，放置打靶用的玻璃瓶。

這只是第一階段。

在與G短暫交往的三個月裡，一起吃飯，洗澡，做愛，睡覺，霜從G的身上看見一個殺手需要的所有特質，但都不突出。霜甚至沒看過G練槍、做特殊的體能訓練，非常散漫。除了愛看電影，G只對做愛的姿勢有點自己的想法。

但越是這樣，越是可怕。

「你開價，我聘雇你。」霜看著西門。

「不，除非妳通過考試。」西門一口拒絕，將碼表歸零。

「?」霜。

「其實我總共放了二十二個玻璃瓶在裡頭，但妳只擊破了約定的二十一個。霜，要面對G，就不能自我設限，任何規則都必須放諸腦後，才有一絲機會。」西門雙手插進寬大的褲子口袋，模樣就像一個教小孩花式溜冰的教練。

「這個測驗，G曾經擊破第二十二個玻璃瓶麼？」霜瞇起眼睛。

「恰恰相反。」西門挑高眉毛，說：「他只花了一分鐘就從裡面走出來，沒有開槍，卻摔碎了十四個玻璃瓶。他不高興地說，只是玻璃開什麼槍？G更不可能有耐性找出所有的玻璃。」

很像霜認識的G。

「我測驗過二十七個殺手，只有一個人在第一次，就將第二十二個玻璃瓶找出來打破。要說有人能殺死G的話，大概就是他了吧。」西門回憶。

霜不置可否，她曉得西門說的是誰。

但她絕不會想跟那個人聯手。

「想要殺死G，就不能成為跟G同類型的殺手，那一點用處都沒有。G是那類型的最頂尖，我想妳比我更清楚吧。」西門站了起來，扛起那箱玻璃瓶。

他要重新回舊公寓裡擺放新的玻璃瓶，這次還要多點花樣。

「我明白。」霜。

「對了，霜。」西門朝地上吐出已沒味道的口香糖渣。

「？」霜。

「G摔碎的十四個玻璃裡，其中一個是我藏得最隱密的，第二十二個玻璃瓶。」西門走進舊公寓。

15

距離拆掉眼睛上的紗布，還有三天。

在微真的一番說詞下，G索性跟護理站要了張折疊伴床，睡在病房裡。

當時G要離開病房時，微真是這麼說的。

「殺手是這麼幹的嗎？」微真一貫淡淡的語氣。

「怎麼？」G。

「陪我到拆紗布為止吧。」微真靜靜地說。

「不會吧？我是殺手，不是保鏢。」G想起了聽見微真的願望時，自己那份失望的窘迫。

「如果我被別人殺了怎麼辦？如果我走樓梯跌死了怎麼辦？自己想不開跳樓了怎麼辦？」微真的語氣越來越急促。

真是個寂寞的女孩。

「是有些麻煩。」G想了想，看著小冰箱說：「所以妳要我買越多零食越好，原來是要給我自己吃的。」

微真不再說話，只是下床，慢慢摸索到打開的窗邊。

G躺在伴床上翻著色情雜誌。

牆上的時鐘，十一點。

自答應陪微真直到她的肝臟被自己打穿為止後，面對只是一直聽廣播的微真，G一直相當無聊。除了看電視發呆外就是睡覺，最後只好打電話叫了色情雜誌外賣，還一口氣叫了三天份。

「妳確定死前沒有別的事想做？我這個人很隨和的。」G撫摸著照片中大浦安娜的豪乳，喉嚨鼓動。

「醫院的伙食不大好吃。」微真摸著肚子：「以前我有吃宵夜的習慣。」

「……」G。

突然，G的手機響了，那是他設的提示鬧鐘。

G勉強爬起，打開冰箱拿了瓶可樂就要出門。

有個人，在某個地方，等著挨槍。

「宵夜想吃什麼？」G。

16

一個半小時後，G左邊鼻孔塞著一管衛生紙，拎了袋東山鴨頭滷味回來。

微真還沒睡。

「剛剛有人送東西來給你。」微真拿著份公文袋。

「喔？這麼快就追到這裡來了。」G將滷味放在桌上，接過公文袋：「有看到是誰嗎？」

「你說呢？」微真下床，用笨拙的觸感將餐盒打開，拆好筷子，坐在桌子旁的塑膠椅。

G坐下，頗有興致地翻著公文袋裡的新小說，這次總共有八頁。

「是什麼？」微真吃著，雖然看不見最能表達神情的眼睛，但還是可以感覺到她的津津有味。

「殺手專用的小說，亂七八糟寫，我也七零八落看。」G說，一頁頁翻著，拿起筷子跟著吃。

「殺手專用？」微真很有興趣。

於是G逐字念給她聽，並大略解釋一下典故。

這份殺手專用的連載小說，跳脫闕漏，順序顛三倒四，就是沒有人見過最後一章。蟬堡。

每個殺手在出任務後，都會收到其中一份沒看過的章節。

不管他願不願意。

不管他躲到哪個自以為沒人知道的地方。

不管他有沒有信箱。

「寫得很有意思。」微真。

「可惜妳三天後就要死了。我會在這裡開個洞，子彈會停在這裡久一些，然後再從這裡鑽出來。」G笑道，手指在微真的右下腹碰了碰，解釋一番。

「好傷心啊。」微真幽幽地說，卻沒有傷心的語氣。

G將小說收進公文袋後，大口吃起滷味。

「在收到因我死掉才拿到的最新章節後，你會到我的墳前念上一段麼？」微真停下筷子。

「太麻煩了。」G承認。

「要不是我死掉，你也讀不到那一段。」微真的口吻有些生氣。

「太麻煩了，又不熟。」G很抱歉，但他很清楚自己的個性。

微真放下筷子。

這次真的生氣了。

17

雖然說自己還是沒辦法給那個勤勞的承諾，但G多多少少還是有些愧疚。

G跟護理站要了台輪椅，推著微真走出病房，呼吸一些真正的空氣。但這中間不可否認的，是G自己也在病房裡待膩了。

真是份無可救藥的婆媽工作。G怨嘆。

「我想去投籃。」微真說。

於是兩人來到醫院附近公園的籃球場。

午後，學校還沒放學，只有幾個中年男子穿著汗衫氣喘吁吁在練球。

「借個球吧大叔。」G一身黑色的西裝，在球場上顯得非常突兀。

幾個中年男子不屑地看著G，不大理會。

「大叔，借一下就好啦！」G帶著鼻音大聲呼叫。

一個上籃失敗的禿頭人，毫不客氣朝G比了個中指。

「真麻煩。」G抓抓頭，神色痛苦。

「你身上有帶槍吧，這種事對你來說應該很好解決。」微真諷刺。

卻見G拿出手機，蹲在地上。

「喂，籃球外帶一份，謝謝，黑色。我在聖心醫院旁邊公園的籃球場。」

G對著手機另一頭說道，一邊擤鼻涕。

幾分鐘後，一個穿著快遞工人服的傢伙匆匆跑來，交給G一顆黑色的籃球，收了錢，又匆匆消失。

詭異的快遞公司。跟那天晚上快遞色情雜誌外賣的恐怕是同一家。

「丟吧，丟到妳開心為止。」G將黑色的球輕輕一拋。

球落地，彈起，來到微真的手中。

微真單手捧著球，一手扶著輪椅慢慢站起，生疏地運著球。

「籃框離我多遠？」微真開口。

「用妳的腳來說，六又三分之二步。」G想都沒想。

微真小心翼翼地舉起球，出手。

球碰到籃框又彈了出來，被G撿起，又丟還給微真。

「左手只是輔助。」G說著灌籃高手裡，櫻木花道領悟的名言。

微真拍著球，停住。屏氣，想像，出手。

球碰到籃框，轉了幾下又旋了出來。

「行不行啊?」G隨手抓住,又丟回。

就這樣,微真反覆地丟,G反覆地撿。偶而出現「唰」的一聲,微真也不笑,G也不會誇獎,只是嘖嘖。

聽著運球聲,微真想起了以前大學時,常在籃球架下看著志跟好友組隊挑球的模樣。

志流著汗,甩脫包夾,上籃得分。

然後對著她笑。

志做假動作被識破,卻還是勉強出手,被蓋了大火鍋。

然後對著她笑。

志被對手抄球,急得打手犯規。

然後對著她笑。

志接到妙傳,在三分線外出手進算。

然後對著她笑。

這就是他們的愛情。

無論如何,志都會這麼對她笑。

唰。

微真又進了一球。

蒙住眼睛的紗布溼溼的。

「回去吧。」微真仰起頸子。

18

第二天。

第二十二個玻璃瓶終於破了，就在第三次的測驗中。

「把瓶子藏在天花板縫裡，算什麼英雄好漢？有人會躲在那種地方嗎？」

霜瞪著西門。

西門沒有回答，從袋子裡抓起一把玻璃彈珠。

「雖然大家都說G是全能型的殺手，但依妳看呢？」

「G是近身戰的行家。」

霜也是。所以這將是場痛快交鋒的近身對轟。

「散彈槍對近距離來說殺傷力很大，範圍廣，可以彌補妳與G之間的差距。」西門客觀的分析：「但散彈槍的扣發時距較長，絕對跟不上G扣板機的速度，這些妳也很清楚。」

霜冷冷拿著散彈槍，丟給西門。

西門仔細觀看，快速拆卸又裝好。

原來霜早想到這點，她將部份機件改裝。板機彈簧、膛線、散彈內小鋼珠的量，通通調整過。結果雖令散彈槍的破壞力減少一半，卻也使得板機的反應速度比先前快上兩倍。

「雖然G很少這麼做，但他的確是雙槍。」西門遺憾坦白：「他的機具擊彈速度仍會是妳的兩倍，但妳的人卻沒有他兩倍厲害。」

霜不發一語。

「所以，妳打算怎麼做？」西門看著霜。

標準答案是：既然知道G會在哪裡出現，就找個高處，架起十字瞄準鏡，好整以暇地等待。

但西門很清楚殺手之間的對決模式。

每個人都有慣用的武器，不是說改就可以改的，這不僅牽涉到對新槍具熟悉程度的問題，還牽涉到運氣。

有人說，一個殺手天生就有他的型。為了「最適當的戰鬥方式」而背離自己最熟悉的兵器，可能要冒著失去之前積攢下來的好運氣的風險。

殺人是專業，也是充滿迷信的儀式組合。

打算怎麼做？

「我打算殺死G。」霜。

「很好。」西門肯定地拍手：「這才是最重要的關鍵。」

19

第三天。G推著坐在輪椅上的微真，穿過醫院一樓的長廊。

長廊兩旁是綠色的草皮，自動灑水器噴灑出水，空氣裡的青草氣息帶著雨水澆灌過的泥土味。

風一吹，擁有爛鼻子的G打了個噴嚏，流了一身汗的微真也哆嗦了一下。

他們剛剛又去了公園籃球場投了一百球，接著去死神餐廳吃了頓飯。

再過半小時，醫生就會到病房拆開微真眼睛的紗布，因車禍受傷失明的雙眼，大約有六成的機率可以重見天日。

「剛剛的手感不錯。」微真說，低頭「看著」自己的手。

「嗯，一百進三十二。」G隨口說。比歐尼爾還爛。

咪嗚。

一隻黑色小貓不知為何叫了一聲。

微真愣住，示意G別繼續往前推，伸手招呼了小貓。

小貓一溜煙跳到微真伸出的手旁，溫柔地舔舐，貓舌粗糙的觸感逗得微真笑了出來。

G注意到，照片裡左邊臉頰上的酒渦終於出現。

長廊的另一端，貓的主人遠遠站著。

一個杵著拐杖的大男孩，神色激動不已，卻又強自忍住什麼。

兩個穿著黑西裝、保鏢般的人物站在大男孩旁，散發出一股兇悍的威嚴。

「好想你喔。」微真摸撫小貓的頸子。

小貓一跳，跳到微真的懷裡撒嬌，眼睛瞇成了一條慵懶的細線。

微真低頭，跟小貓說了幾句悄悄話後，將手指上的戒指摘下，別在小貓頸子上的金屬扣環。

小貓咪嗚一聲，依依不捨跳下，跑到大男孩的腳邊磨蹭。

大男孩早已淚流滿面，卻沒有哭出聲。

「走吧。」微真恢復了平靜。

G墨鏡裡的眼睛安靜地看著這一切，但若無其事地繼續推著輪椅。

「親愛的，今天天氣實在很好。」G經過大男孩與保鏢的時候，淡淡地說。

「嗯。」微真笑著，粉紅色的酒渦。

輪椅與大男孩錯身而過。

20

病房裡，醫生小心翼翼拿著鑷子，與護士慢慢拆卸微真臉上的紗布。

冰箱裡最後一瓶的飲料，G慢條斯理坐在椅子上喝著，二郎腿亂晃。

紗布已經完全拆下。

「我想靜一靜。」微真說。

於是醫生與護士在拉下窗簾後便走出房，留下G，跟他的槍。

「現在看得見看不見，對妳來說有差別嗎？」G掏出槍，指著微真。

微真不說話，還沾黏著藥液的眼睛微眨，還無法適應光線，沒能睜開。

天橋上。

一束鬱金香以堅定的步伐靠近醫院，伴隨著輕盈的節奏。

紅色的皮衣，高眺的身段，閃耀在鬱金香花束裡的金屬光澤。

「可以，綁馬尾麼？」G問，槍上膛。

微真莞爾，熟練地反手將頭髮紮起，用紅繩束綁起馬尾。

G眯起眼睛，他是個不折不扣的馬尾控。

一陣風吹起窗簾，撩亂微真的瀏海。

「鬱金香。」微真說。

醫生在一樓長廊旁的自動販賣機底下，拿出一杯即沖的熱咖啡。

太燙了。

坐在長椅上，醫生等待咖啡變得溫些，一邊回想跟護士之間的打賭。

女孩的眼睛看得見，或看不見。

以及那位企業家的鄭重交代。

突然，醫生聽見轟然巨響，然後是一群女人們的尖叫。

「發生什麼事了！」醫生放下咖啡，趕緊衝進大樓。

塑木板門中間整個脆開。

密密麻麻的小彈孔散射在門板邊緣，呈不規則輻射狀，瀰漫著若有似無的焦氣。

喀，巨大的特殊彈殼噹噹落地。

霜沒有踹開門，只是在五步之外用散彈槍遙遙對著病房。

然後再開一槍。

門板一震，發出結構徹底粉碎斷開的聲音。木屑紛飛，門自行啞啞打開。

霜聚精會神，手指緊貼板機。

空無一人。

只有地上一團用過的衛生紙。

「這混蛋。」霜恨恨道，身後的護士與病人家屬早已尖叫一片，紛紛抱頭蹲下。

微真坐在輪椅上，從病房外的護理站自行划動輪子，來到霜的背後。

「G走了，他要我跟妳說一句話。」微真依舊緊閉雙眼，眼皮快速顫動。

霜絲毫沒有鬆懈對四周風吹草動的注意力，散彈槍架在左手臂上一動不動，眼睛卻快速瞟動，這層樓的動靜全在掌握之中。

「G說，他不是針對妳。」微真覆述。

霜冷笑。

G走不成的。

21

G輕輕鬆鬆地走在一樓長廊，手中拿著他慣用的黑槍。

走到長椅旁，突然，G的耳朵抽動了一下。

「不可試探上帝。」

G腳步不停，飛快揚起手，朝右邊上方遠遠扣下板機！

醫院C棟樓頂，十字瞄準鏡後，一隻銳利的眼睛。

一根願意與最最強傳說比快的手指。

「傳說就到今天為止了。」

西門蹲臥在天台上，朝長廊高高扣下板機。

兩顆子彈在空中交錯，擦出高速金屬火花。

西門的臉頰被劃破時，那杯放在長椅上還沒冷掉的咖啡，幾乎同時炸開！

G站在長廊的石柱後，吹著急促的口哨。

西門一動也不動，除了那根驕傲的手指。

扣發，扣發，扣發。

石柱的邊緣不斷爆起石屑，可怕的破碎聲毫無間斷在G的耳邊響起。

十字瞄準鏡後的西門，完全壓制住G的行動。

「你的好耳朵救了你，但先站在高處的人贏得比賽。」西門自言自語，不斷修正子彈行進的軌跡。

墨鏡後的G思考著什麼，在石屑紛飛中傾聽著什麼，垂下的手裡搖晃著黑槍，等待著什麼。

等待長廊的盡頭出現紅色的美麗殺影。

「G！」

霜低吼，手中的散彈槍口衝出數十粒滾燙的小鋼珠。

G低迴身，頭頂的石柱上方大塊轟落，一顆子彈自黑槍槍口噴出，咻地穿過長廊。

霜矯捷撲到石柱後，令G的子彈只約略擦到霜的大腿。

「情況很險峻呢。」G打了個噴嚏，石屑又在頭頂上爆開。

西門的居高臨下，加上霜五個石柱外的近距離角度，使得G躲在石柱後面的空間越來越小，挪動身子都嫌辛苦，更遑論反擊。

鮮血自霜的大腿上慢慢滴落，像是計算某種時間似的。

「我剛剛那槍是手下留情了！」G大叫。

雖然並非如此。

「那你肯定後悔。」霜冷笑。

霜的散彈槍觀察著G映在地上的影子。

影子一有些許晃動，散彈槍便轟出數十高速燃行的鋼珠，有些崩壞石柱，有些刻意朝G對面的地上，子彈撞擊地面後，殘餘的能量復又令子彈以凌亂的角度繼續折行，噴得G全身刺痛。

剛剛G的子彈只擦過霜的大腿，而不是命中她的肝臟。這「失誤」給了霜非常大的信心。G的無敵傳說在那一槍中幻滅。

動作有些狼狽地遮擋反彈的鋼珠，G不得不承認，自己正在跟死神近距離對話。墨鏡龜裂了一片，臉上數條發燙的紅線。

石柱的結構越來越單薄，雖然距離完全崩毀還有一大段誇張的落差，但距離將G逼出石柱，已是眨眼可期。

蹲在石柱後的G嘆氣，只好拿出手機。

天台頂，一陣清脆的手機鈴響。

「喂，我是G。」

「……」西門按下藍芽耳機的通話鈕。

「可能的話，我實在不想殺你，也不想殺霜。」

「我收了錢。」西門說，臉頰上的灼熱感持續燒燙著，又扣下板機。

但這不是主要的理由。

每個殺手都想知道：「自己有沒有能耐殺掉G」這危險問題的答案。

尤其是這位傳奇殺手，才剛剛露了一手極其漂亮的聽音辨位，只要再往左偏一毫，蹲踞天台上的自己已垂下雙手。

「收了錢……西門啊，你不當殺手的條件是什麼？我幫你解除吧。」

西門莞爾，但子彈依舊將G隱身的石柱一片片削開。

G這傢伙，先不說他在槍戰過程中猜到在高處狙擊他的人是誰這樣恐怖的本領，他居然打了通電話給對手聊天。

簡直是，瞧不起人。

「G啊，你是著急了，還是太悠閒了？我注意到你今天忘了帶第二把槍，所以說，即使身為最強的傳說，還是一點都大意不得呢。」西門持續射擊，子彈像鑽孔機般往石柱猛力釘、釘、釘、釘、釘。

快要沒子彈了。

「是啊，誰料得到。」G也知道。

等待西門更換狙擊槍彈夾，重新微調誤差，那便是G衝出、與霜決勝負的時刻。

珍貴的兩秒。

從遠方慢慢靠近的警笛聲。

「西門，有時候你真的蠻無趣的。」

G看著地上破碎的墨鏡片，關掉手機。

霜深呼吸，散彈槍壓制型的轟擊節奏悄悄改變。

霜全神貫注，準備衝出。

她不求完全由自己殺死G，即使同歸於盡也無所謂。

只要與西門約定的子彈，能夠狠狠將拋棄她、又殺死她新戀人的G釘落地獄。

與霜約定的子彈。

十字瞄準鏡後的西門可是有備而來，狙擊槍裡的彈夾經過特殊改造，比一般的彈夾多了兩顆子彈。

西門可以感覺到，一向沈靜的自己，心跳越來越急促。

那是興奮。

草地上的自動灑水器啟動。
午後的風，捎來青草的苦澀氣味。

倒數第三顆子彈，子彈將石柱釘得石灰碎揚。
倒數第二顆子彈，彈道削裂石柱。
倒數最後一顆子彈……

黑色的身影從石柱左邊衝出，比預期的還要早！
西門倉促扣下板機，卻見子彈穿透飄在半空中的黑色西裝，黑衣隨即被無數鋼珠轟碎成翩翩黑蝶。

西門愣住了。
驕傲的手指也愣住了。

完整無暇的石柱。

穿著黑色襯衫的G站在霜的後面，黑槍對準腰際。

西門可以確定自己完全沒有眨眼。

但在自己注意力被拋出的黑衣引開之際，有道模糊的什麼，比自己扣板機的速度還要快。

那模糊的什麼，在倏忽之間就從石柱右端晃出黑色十字的死亡陰影外，反抄到霜的身後。G。

要重新架動狙擊槍嗎？

西門額上的冷汗冽下。

咻。

霜錯愕倒下。

已意識到、卻只僅僅迴轉到一半的散彈槍，從霜的手中斜斜摔落。

G蹲下，持槍的右手放在左膝上，看著奄奄一息的霜。

霜艱辛喘著氣，卻兀自強硬地瞪著G。

天台上，已空無一人。

破碎的墨鏡後，G細長的眼睛彷彿在嘆息，左手捏了捏霜的俏臉。

「約翰……約翰死前說了什麼話？有沒有留口信給我。」霜用力壓著中槍的下腹，竭力保持意識。

「他說，紅色的部份就用我的血吧。然後我說，真的假的？他點點頭，我就照辦了。」G回憶起那個忙碌的夜。

「他沒有說，他很愛我？」霜咬牙，壓住下腹的手在顫抖。

「……畫家都是這樣的。」G將手槍收起。

霜閉上眼睛，壓抑著悲傷的激動。

「看開點吧，霜，不是所有人都跟我們殺手一樣，死前愛念浪漫的對白。」

G嘆氣，又捏捏霜的俏臉。

霜還是不說話。

「說到這個，能不能念句對白送給我？例如提醒我鼻子不好要看醫生之類的，畢竟在一起過，以後我難免會想妳。」G拿出黑色手機，放在霜的嘴唇邊，按下錄音鍵。

霜面無表情，在手機旁低聲咕噥了幾句，聲音越來越細。

「馬的，妳在講三小啦？」G苦笑，伸手蓋住霜的眼睛。

自動灑水器旁，在陽光下譜出一道淡淡的彩虹。

22

門板被毀的632病房，醫生與護士看著輪椅上的微真。

「……看得見嗎？」護士。

「有個人說，我還是看不見得好。」微真慢慢地將紗布一層層裹上。

醫生與護士面面相覷。

「不然，他只好把我殺掉呢。」微真笑著，左邊臉頰的酒渦也附和著。

床頭的收音機，披頭四慵懶的yesterday。

大批警車圍住醫院，G坐在醫院對面的星巴克三樓，捧著杯巧克力脆片。

放在桌上的手機震動。

「喂。」G拿起。

「……你會變魔術嗎？」

「不會。」G看著醫院天橋上，一個坐在輪椅上的女孩。

「那你是怎麼知道狙擊槍的彈夾裡多了兩顆子彈？」

「我不知道啊，這也太陰險了吧西門！」G皺眉。

天橋另一端，一個抱著黑貓，流著淚，羞愧不已的男孩。

「……」

「當時你的心跳太大聲了，想不趁機衝出去都很難呢。」G掛掉手機。

護士推著輪椅慢慢前行。

女孩微笑，再度與男孩交錯而過時，男孩終於開口。

輪椅停住，女孩笑笑回應。

G豎起耳朵。

兩人各自說了兩句話，揮揮手，輪椅女孩隱沒在天橋連接的另一棟樓。

男孩呆呆站在原地，眼淚與鼻涕爬滿了他的臉。

「隔著玻璃，果然還是不行。」G苦笑。

23

藝廊，盛大的專題展覽。

數百人流連忘返，學校機關團體甚至包車北上，主辦單位也考慮巡迴展出。每一幅畫前都有導覽介紹的解說員。

三個月前自殺的天才畫家，生前淋漓盡致的二十七幅油彩畫吸引了無數收藏家與各方人士的矚目，報紙與雜誌的藝文板都用最醒目的標題刊出，這位年輕畫家死前最後的畫作以創紀錄的超高金額拍賣出的新聞。

善與惡。

那是幅一個牆壁大的鉅作。天使高高在雲端睥睨，惡魔在地獄火焰裡憤怒，角落則突兀地鑲嵌進一個幼稚又潦草的卡通人物。

報紙說，畫家採用的自殺方式極其特殊，竟用手槍朝肝臟開了一槍，痛苦又漫長，極盡自我煎熬地死去。令人難以理解。

評論家卻不認同。

畫家死前反璞歸真的筆觸，是無數人追求的至高藝術境界。那裡不再有善，不再有惡，不再有強行命題的藝術法則，一切回到原點的幼稚。只有死前的迴光返照，才能令畫家放肆地破壞自己的畫面結構，找出瘋狂的解答。

有人說，畫家是刻意用緩慢又痛苦的死亡過程，刺激精神意識，去領悟世人無法突破的窠臼。

也有人說，畫家用靈魂跟魔鬼交換了靈感，遺作最引人爭議的角落所用的顏料中驗出畫家的ＤＮＡ，就是最好的證明。

更有人說，這幅畫是畫家在自殺後，悟出原點境界的靈魂重新回到軀體，再補綴出畫角落最後的未竟。

不管答案為何，畫家死時臉上所帶著的笑容，已說明了一切。

世人給予畫家這幅善與惡最後的評價，也說明了一切：「登峰造極的傑作」。

24

在台北展出的最後一夜，晚上九點四十七分。

只剩十三分鐘藝廊便休息，人群在費玉清的晚安歌聲中逐漸散去。

解說員也收拾下班了，許多展區的燈光已經熄滅。

「善與惡」前，稀稀落落的兩三人。

一個矮矮胖胖，穿著花襯衫的中年男子頗有興致地站在畫前，叉腰三七步，歪斜著頭，一臉似笑非笑。

穿著素淨連身裙的女孩，站在花襯衫男子旁，靜靜地凝視巨大的畫作。

「一出手，便是登峰造極呢。」花襯衫男子嘲諷的語氣，瞥眼瞧瞧女孩的反應。

女孩綁著馬尾，臉頰漾著美麗的酒渦。

畫的角落，瘋狂幼稚的塗鴉，凌亂的線條完全表達不出該有的張力與意義。

大頭小身，穿著黑衣、戴著墨鏡、手裡拿著一把黑色手槍的卡通男子。

「請代我謝謝他。」女孩看著畫。

「謝謝?誰啊?」花襯衫男子轉頭，顬頇地踏步離去。

「那麼，請告訴他，我已經想好願望了……」女孩頓了頓，說：「他隨時可以來殺我。」

「殺?我們家的G，可是例不虛發的冷血殺手咧，已經死掉的人不要再爬起來啦!」花襯衫男子大笑，消失在走廊的盡頭。

女孩莞爾。

燈熄了，女孩也離去了。

只剩下，黑暗中孤零零的登峰造極。

kill er

〔殺手〕吉思美

蒐集不幸的天使

1

吉思美最看不起的，就是像G這樣的殺手。

為了錢，什麼人都可以殺掉。毫無格調可言。

有崇高的職業道德，卻沒有同等高尚的職業情懷，吉思美無法接受。

所以吉思美是吉思美。

吉思美只選擇自己「可能願意」殺掉的目標。

台中東園巷，緊靠在東海學生租屋區，一棟平凡無奇的老舊公寓。

公寓三樓，貼在綠色鐵門兩旁的春聯，左邊寫著「天增歲月人增壽」，右邊寫著「春滿乾坤福滿門」。

春聯的邊緣被溼氣化暈成淡淡的粉白色，左下角還翹捲起來。不知有多少年沒更換過。

一個老伯伯，一手抓著漸漸剝落的塑膠皮樓梯扶手，另一手勾著裝吊便當的塑膠袋，慢吞吞地走著。

老伯伯經過三樓時，又聽見斑駁的鐵門後傳來熟悉的……恐懼的聲音。尖叫聲，哭泣聲，嗚咽聲，沉悶的碰撞聲，咆哮聲。

然後是令人更難忍受的沈默。

「唉。」老伯伯同情地嘆氣，卻沒有停下腳步，顢頇往樓上前進。

就跟絕大多數人的反應一樣，老伯伯為鄰人門後正在發生的一切感到可悲，卻沒有多做些什麼。彷彿光憑同情心就足以救贖自己似的。

難以忍受，但終究還是採取了無奈的漠視。

2

門後。

小男孩傷痕累累地跪在地上，因過度恐懼停止了哭泣，眼前的一切逐漸昏暗旋轉，然後滲透出污濁的鹹味。

中場休息。

一個赤裸胳膊的男人拿著木條坐在藤椅上，氣喘吁吁瞪著這個拖油瓶。

氣死了。

他快氣死了。

但男人卻想不出自己為何快氣死了的「理由」，只好不停地藉毆打小男孩，試著找出小男孩快把他氣死的原因。

暴力中毒……是長久以來發生在小男孩身上的悲劇，唯一的解釋。

再過不久，小男孩要不學母親逃家，就是活活被男人打死。

「叮咚。」門鈴響。

男人喝著摻了亂七八糟東西的藥酒，沒有理會。

多半是來討債的吧？還是有什麼水電帳單忘了繳？不可能是鄰居跟管區的警察還是社工……這些人都沒敢打擾他揍小孩。

自己生的自己揍，是男人少數竭力奉行的原則。

上個禮拜學校老師因為小男孩沒寫功課，用藤條打了男孩手心五下，男人知道後一肚子賭爛，跑去學校找老師理論，並當著老師的面將小男孩的臉頰揍到整個腫起來，還差點把小男孩給打瞎。

「老師要打小孩的話，跟我說一聲，保證打得很慘！」男人醉醺醺跟老師這麼擔保時，老師只有目瞪口呆的份。

「叮咚。」門鈴又響。

男人不耐煩地拿起酒瓶，搖搖晃晃到門邊，打算一開門就將快空的酒瓶往對方頭上砸去。

但男人才剛剛握住生鏽的門把，門就先鏗鏗鏘鏘地打開了。

「啊？」男人詫異不已，看著站在門口的女人。

女人有了點年紀，除了脖子上一道淡淡的粉紅色突起，可說容貌姣好。

女人穿著也有了點風霜的黑色長大衣，耳朵塞著乳白色的耳機，尋著耳機線可以發現，女人的腰際掛了最時尚的iPod。

女人啊……還是個漂亮的女人啊……

男人迷迷糊糊看著女人，他不記得今天有叫野雞外賣啊？

「打擾了。」女人說，卻沒有打擾了的歉意，逕自閃過男人發臭的身軀，走進客廳。

男人搔搔頭，突然傻傻笑了出來。

大概是走錯門的妓女吧？但自己送上門來的貨色，這下可怪不了他，幹了再說。

男人打了個酒氣沖天的嗝，好色地打量女人的背影，卻見女人根本不理會他，直接走到被打得半死的小男孩面前，蹲下。

「很痛吧？」女人摘下耳機，凝視著一隻眼睛快睜不開的小男孩。

剛過九歲不久的小男孩，只是恐懼地抽慉。

是社工阿姨？天使？還是夢？

「繼續下去，活不到十歲吧？你希望那個樣子嗎？」女人淡淡地說。

這次小男孩果斷地搖搖頭。他只是無力還手，並不是笨。

而女人認真的表情，卻適得其反，逗得在旁觀看的男人發噱，跟勃起。

「這樣的話，只剩下一個辦法。」女人的語氣跟他的眼神一樣冰冷。

小男孩抬起頭。

「殺死這個男人。」

小男孩獃住了。

男人則不敢相信自己的耳朵，搖了搖頭，想再聽清楚一點。

「你現在有兩個選擇。」女人目不轉睛看著小男孩：「第一，我幫你殺掉這個你稱之為父親的男人，但你必須將你往後的人生交給我。第二，我什麼都不做，就這樣走出這個房間。」

小男孩完全被嚇住了。什麼跟什麼啊？

男人卻笑了出來。哪來的……欠操的瘋婆子？

男人開始解開快被小腹繃裂的皮帶，打算好好享用這個走錯門的「妓女」。剛剛正好喝了點藥酒，果然立刻派上用場，這就是所謂的時來運轉吧？

女人看著呆呆的小男孩，咧開一抹蒼涼的微笑。

然後站起。

「既然如此，我走了。走之前給你兩個忠告，趁你爸爸睡著時去廚房拿把菜刀，往這裡殺一刀。」女人指著自己的脖子上，那條淡淡粉紅色的疤痕。

小男孩愣愣。

「要不，就趁上學時逃走吧。只要什麼都願意做，逃到哪裡都可以生存。」

女人轉身就走，無視已將褲子脫下的猥瑣男人。

男人用醜陋的下體瞪著女人，笑吟吟伸出雙臂攔在門前。

「玩一下再走吧！」男人嘻嘻笑提議，被酒精毒化的身體搖搖晃晃。

女人瞇起眼睛，一股濃烈的殺意嚇退了男人，那話兒也頓時軟掉。

女人戴上耳機，面無表情走出門，轉下樓梯。毫不戀棧。

「殺死他！」男孩突然大叫。

女人停下腳步。

笑了。

一把彈簧刀豎地從手腕上的特製鞘柄，彈出。

3

男人大駭。

雖然他不清楚這是不是酒精中毒的幻聽，但他還是倉皇地想將門關上。來得及嗎？

女人一揚手，刀子化作一條銀色的線，穿過老舊樓梯的豎把空隙，瞬間插進男人的眼窩。

「啊～～～」男人慘叫，手放開，跪在地上。

女人慢條斯理爬上幾階樓梯，撥開門。關上，反鎖。

「對於怎麼殺死他，有沒有特別的想法？」女人聳聳肩，端詳了小男孩的傷勢幾眼。

「……」小男孩張大嘴巴，他這輩子有過太多次這樣的想法。

現在真有機會，腦袋卻一片空白。

「那隨我了？」女人不置可否。

這樣的話……

女人並不打算花太多精力凌遲這個男人，所以她只是將痛到快瘋掉的男人踹在地上，將iPod的搖滾樂音量調到最大，然後好整以暇地補上剩下的九十九刀。

當著小男孩的面，對著他那稱之為父親，卻不配的男人，整整補上九十九刀。鮮血將客廳地板漬成一片紅色的海，空氣中都是鹹鹹的腥味。

擁有一切殺手應該知道的解剖學知識，女人精確地計算每一刀對身體的傷害，將「痛苦」與「失去生命」做了壁壘分明的區分。

直到撕開喉嚨的第一百刀，兩者才快速連結起來。

男人在劇烈的痛苦中斷氣。

小男孩突然放聲大哭，大哭。

那是一種徹底解放的痛快。對於男人的死，小男孩只覺得世界首次綻放光明，上帝首次對他釋放善意。

今天在學校作文課一個字都沒寫，只好帶回家完成的作文題目「生命的意義」，小男孩總算有點眉目了。

女人從懷中丟出兩張A４紙，說：「我叫吉思美。」

「會寫字吧?好好讀熟它，然後在這張讓渡人生的分期付款契約書上簽個名，蓋手印。一份給我，一份給你自己。如果你怕被警察發現就燒了它，反正我還有備份。」女人坐在藤椅上，在血腥味濃稠的空氣裡打開手中的剪貼簿，看著裡頭許多份按照章節整理好的連載小說。

一份只屬於黑暗，只存在於黑暗的即時快遞故事——蟬堡。

小男孩看著莫名其妙的兩紙「契約」。

條款一：我願意在成年後，將每年薪水的十分之一，匯入殺手代理人（吉思美）特約的銀行帳戶，一年一次，至死方休。

條款二：如果無法或不願實踐條款一，視為背棄委託。對於背棄委託後發生在我身上種種不可思議的災難，都是很合乎邏輯的。

解除合約條款：如果我找到一個需要殺死某人卻無力執行的小孩，幫助其狙殺目標並簽訂同樣契約後，得以新契約之轉讓原殺手代理人（吉思美）勾消舊契約。

吉思美的銀行帳戶如下。

牆上時鐘的滴答聲，襯映著這僵硬的沈默。

「你也可以不簽。」

吉思美無精打采地看著牆上的時鐘，說：「根據這附近人家的冷漠，警察還有五分鐘才會到，或者更晚，或者不會到。我可以慢慢把你殺死再走。」

小男孩立刻跪在地上，用拇指沾地板上的濃血，將契約蓋了個天花亂墜。

「要努力活著，人是我殺的，你不必想太多。只要記得按時匯款就行了。」

吉思美拿走其中一份，捲起，敲了敲小男孩的頭。

小男孩猛點頭，他早已將身上的瘀青與擦傷忘得一乾二淨。

他的人生，已經沒有負擔了。

從此，他也不再有理由，哭訴自己挫敗的人生，是來自童年不幸的遭遇。

一切都要靠自己。多麼美妙。

「再見了。」吉思美走到門邊。

小男孩突然很感動，眼中噙著淚水。

「我還會遇見你嗎？」小男孩竟對這位殺父仇人戀戀不捨。

吉思美頭也沒回。

「那要看你將來的小孩，有沒有這個需要囉。」吉思美笑。

消失在冷漠又繽紛的舊公寓樓梯裡。

4

律師的分類裡，有個叫「公益律師」的名稱。

便宜，甚至無償，但提供最基本的服務——法律。

是的，如果你沒錢，卻又不得不殺個人……

我會介紹你，「吉思美」。特別當你只是個孩子的時候。

孩子會有想殺死的人嗎？

聽起來很荒謬，但如果這個問題有了篤定的答案，這個答案便幾乎具備了所有該被殺死的要件。

家，是一個人的起點。

肉體毒打，精神虐待，亂倫強姦，囚禁枷鏈……當恐怖的元素被包含在家的定義裡時，這些成年人都無法承受的痛苦轉嫁在孩子身上，於是扭曲成一個又一個人格變態的犯罪者。

起點，變成了終點。

最後，孩子成為了父親。成為了那個他曾經仇視、畏懼的惡魔。逃避這樣自我仇視與莫名恐懼的方式，竟是無可奈何地取代當初施暴的原點。

吉思美不能接受。

身為一個公益殺手，提供基本的殺人服務，吉思美用兩個條款、一個反條款，便買斷了你的人生，讓你用人生的分期付款，支付你一輩子僅有一次的買凶殺人。

你不再有藉口。

因為吉思美用血替你殺開了出口！

5

「喔天啊，別跟我談吉思美，我頭會痛。」G給了吉思美這樣的評價。

「吉思美？只會耍刀的娘門兒有什麼好說的？」豺狼嗤之以鼻。

吉思美在不是吉思美的時候，有另一個名字。

Ramy。

Ramy是個很容易做惡夢的平凡中年女子。

這個平凡中年女子習慣在惡夢過後，上網找人聊天。

這夜，Ramy又在糾纏多年的噩夢後倏然驚醒，一身冷汗。

淋浴後，Ramy沖了杯熱茶，打開用了許多年的黑色麥金塔PowerBook，連上網路，看看有沒有熟悉的帳號。

Moon。

「這麼晚，又被噩夢嚇醒了？」是月。

「整天掛網？在找援交啊？還是一夜情？」Ramy快速回應，臉上掛著難得的笑容。

「淋浴不能治療噩夢，殺人也不能。還是去看個醫生吧？」月。

「要你管。」Ramy笑笑，並不介懷。

「我認識一個還不錯的精神科醫生，擅長催眠，說不定可以將妳不愉快的記憶通通封鎖起來，就算妳偶而想懷念一下也沒辦法。」月的打字速度很快，因為月花在跟電腦對話的時間很長。

「催眠？還是殺人實在。」Ramy捧著熱茶，手心傳來的暖意。

「妳該不會上了癮吧？不需要引述佛洛依德就知道妳有毛病。」月。

「呵呵。」Ramy的手指在笑，人也在笑。

月這小子，最能逗自己開心了。

「其實妳每年光是抽我十分之一的酬勞，就可以過得挺好不是？該想想退休，環遊世界那類的事了吧？」月好意。

「再說吧。這個世界需要……嗯。」Ramy收斂起笑容，嘆了口氣。

這個世界，需要有個人，蒐集他人可能的不幸。

如果當初有人，像吉思美這樣的人，幫她殺掉那夜夜將骯髒齷齪的身體壓在她身上的繼父，那麼，這個世界上就不會有今天的吉思美。

沒有那個蒐集、背負他人不幸的吉思美，Ramy就只是Ramy，可能是個公務員，考古學家，演員，作家，老師……不論成為人海中的誰誰誰，但絕不會成為樂於染紅自己人生的殺手。

「……聊別的吧？」網路線另一端的月，明顯感受到Ramy正回想她最不該回想的醜惡往事。

「嗯。」Ramy。

「看過我更新過的網頁麼？有沒有想殺的人啊？」月。

「哈，我捐了那個死光頭兩千塊。」Ramy笑了出來。

月是吉思美第一次執行任務的委託人，也是第一個與吉思美訂下契約的孩子。幾年了？Ramy從沒算過。

隨著吉思美的活躍，這些年月也成長了很多。儘管在常人的眼中，月的成長極為可怕，有著惡魔的稱號。

所幸，私底下的月還是擁有一貫的、令人舒服的優雅。

兩人越聊越遠，漸漸的，不再提殺人的事。

殺人的事殺人的時候想就可以了，而噩夢就留給睡著的自己吧。

6

鬧鐘響了，早上十點。

打開電視，新聞裡依舊馬拉松式播報著昨夜發生在東海別墅區的兇案。

Ramy一把拉開窗簾，看看電視外的真實世界。

梧棲海港的風帶著鹽的氣味，溼潤地吹進Ramy獨居的屋子裡。

好天氣。

「有陽光就是好天氣。」Ramy自言自語。

Ramy最喜歡在早餐後脫掉鞋子，踏著梧棲高美溼地軟軟的黏土灘，慢慢地走向慵懶的大海，將雙腳浸泡在包容一切的海水裡。

可惜，今天是沒有那個運氣了。

「吉思美，應該出動了。」手機震動，上面顯示著簡單的訊息。

訊息的來源，是吉思美專屬的三十七個線民之一。

Ramy拿起手機，用加密的方式撥了通電話。

「在哪？」

「板橋。不過情況有點特殊。」

「特殊？」

「潛在委託人希望先跟妳見個面。」

「等等，潛在委託人事先知道我？」

「是的，事實上，是潛在委託人用特殊的關係找上了我，而不是我的觀察找到了潛在委託人。」

「有這種事。約在板橋哪？」

「晚上八點，大新莊棒球打擊練習場。」

Ramy掛上電話，真是個需要好奇心的case。

從衣櫥裡拿出一件帥氣的黑色獵裝、棕皮包包、一柄由J老頭打造的短柄刀。出門前，Ramy打開掛在門前的綠色信箱，拿走了她應得的快遞小說。

那是她等會兒在火車上的娛樂。

從現在起，吉思美登場。

7

從沙鹿站出發，僅能選擇停站較多的海線列車。

吉思美並不趕時間，還刻意挑了慢吞吞的復興號，好讓自己能慢條斯理將最新的蟬堡剪下，貼在剪貼簿裡預先留白的頁面。然後細細品嚐。

來到位於台北縣的板橋，在空蕩蕩的地下車站吃了簡單的晚飯，又轉乘了公車，吉思美才來到與潛在委託人約定的地點。

大新莊棒球打擊練習場。

解開纏了一天領帶的上班族，無所事事的大學生，成群結黨的高中小夥子，各自捲起袖子，走到依照球速劃分的打擊區，豪邁地揮棒。

鏗鏗鏗聲此起彼落，有的沈悶雜亂，有的清脆攸長。

但吉思美並不想試試揮棒的快感。

她只是從櫃台前拿了份蘋果日報，坐在打擊區後隨意翻看。

「妳就是吉思美吧？」

聲音來自後面，果然是小鬼。

但吉思美沒有轉頭，也沒有應話。

「妳好，我就是委託人。不好意思，因為我好不容易才擺脫監視，時間寶貴，我可以坐到妳前面嗎？」

聲音的主人不等吉思美反應，就急切地繞過坐下。

吉思美打量著潛在委託人。

穿著建中的卡其色制服，繡著一年級該有的學號號碼，一臉的稚氣，卻有著與稚氣不成比例的誠懇表情。還背著書包。

沒有外顯的瘀青或傷痕，看不出受過虐待。說到底還是個普通高中生。

「我聽過妳很多事，想了很久，我想我只能請妳幫這個忙。」委託人清澈的眼睛看著吉思美。

「自我介紹吧。」吉思美低頭看著報紙。

「我叫陳慶之，讀建中一年級，功課很好，第一次段考是全校第七名，第二次段考是全校第五名，上個月在全國數理競賽得到第四名，以一個高一生來說是很不容易的。」慶之說。

那關我屁事……如果是G的話，大概就直接衝口而出了吧。

「所以呢？」但吉思美不是G。

慶之點點頭，吉思美務實的個性讓他稍稍放下心。

「我的父親是個黑道，大家都叫他金牌，在道上非常有名，以前還當過幾個常常上報紙的大幫派的老大。至於現在，那些掛名的幫派老大都是他指派的小弟，見了面還得鞠躬奉茶。簡單說，我爸他壞透了。」慶之神色平和，彷彿在說著與他毫不相干的事。

「如雷貫耳。」吉思美當然知道金牌。

身為黑社會幕後總司令的金牌，的確壞透了。

因為金牌有讓他壞透了的資源與後盾：錢，跟能用錢得到的一切。

「我要妳殺了我爸。」慶之直搗重點。

「是嗎？看不出來你爸有虐待你。」吉思美失笑。

接下來，一定是個有趣的故事。

「上個月，我爸為了慶祝我拿到數理競賽的第四名，竟然包下整間酒店，叫兩個紅牌輪流幫我口交，把我灌醉後，還找了個日本AV女優讓我告別處男。」慶之沉痛地說：「但我爸根本忘記，他已經幫我告別處男告別了三次。」

這算什麼大頭鬼啊！

「你不高興嗎？」吉思美忍住笑。

鏘，鏘，鏘……打擊區不停傳來斷斷續續的棒擊聲。

「身為一個立志向上的中學生，我覺得很可恥。」慶之握緊拳頭，繼續道：「更重要的是，我爸還信誓旦旦跟我保證，下次有誰敢排名在他兒子前面，他就要把他的手折斷，叫我放一百個心。」

頓了頓，像是平息怒火般地鬆開拳頭。

慶之有感而發道：「生長在這樣的家庭，我無法期待我會像一般的孩子平凡長大。從小我就知道有這樣的爸爸對我會有多麼惡劣的影響，但我就是無法擺脫他，擺脫那些常常到我家鞠躬哈腰的黑道叔叔伯伯。我努力用平凡人的方式活到今天，但我清楚，再這樣下去我會撐不住的！」

「撐不住？」吉思美深呼吸，和緩肚子裡翻騰不已的笑意。

「是的，我爸規劃我在高中畢業後就繼承他的黑道事業，從三個堂口的聯合總幹事開始慢慢做起；也因為我英文不錯，所以還要幫他管理對菲律賓的海洛因進口事務，跟對泰國的槍枝買賣。」慶之說著說著，神色間又開始激動。

吉思美面無表情地看著慶之，慶之只好再接再厲。

「我爸一有機會就笑著提醒我，他之所以不動一個叫山貓的黑道老大的原因，就是要等我年滿十八歲的那天，叫人將山貓老大綁起來丟到我前面，要我這個做兒子的幫他開槍，當作我踏入江湖的禮物。」慶之悲憤不已：「可我為什麼要殺人？我好端端的幹嘛要殺人？我一殺了山貓老大就等於跟半個黑社會作對，那時我就算想要退出也絕無可能，必死無疑！」

「聽起來很糟糕，但你不能跟他說你想上大學再進黑社會嗎？」吉思美聳聳肩，肚子裡卻笑壞了。

「想都沒想過要跟他提。但我沒有哥哥或弟弟，是整個黑道家族的獨子，就算我熬到大學畢業還是得繼承骯髒的家業，時間對我來說毫無差別。念完大學，只會讓我在放棄光明人生時生出更多的悔恨。」慶之咬牙。

吉思美完全明白這位黑道少年的憂鬱了。

為了平平凡凡地渡過人生，渡過一個跟黑道毫無瓜葛的人生，這位抑鬱少年決定聘雇殺手宰掉他的黑道父親。從此一乾二淨。

但這麼想，也未免太天真了。

「有沒有想過，就算金牌死掉，你就真能斬斷跟黑道之間盤根錯節的關係？一定會有人出來推舉你繼承家業，或是拱你出來做些什麼，到頭來只是加速你成為黑道的一部份罷了。」吉思美淡淡說道。

「如果我不要那些髒錢，就不會有盤根錯節的問題。」慶之很有把握。

慶之對黑社會的了解，來自於他看過太多的黑社會。

如果見面時沒有雙手奉上寫了漂亮數字的支票，他爸根本懶得看那個人一眼。這就是黑社會。沒有錢，就沒有義氣的世界。

「就算你說得對吧。回到原點，你是怎麼找上我的？」

吉思美的線人有社工、心理諮商師、警察、學校老師、護士、醫生，甚至還有檢察官、法官等。但由於資訊的鴻溝，通常都是吉思美的線人找到潛在的委託人，而不是倒過來。

「我從一些垃圾的對話中知道妳的存在，跟妳的作風。我想，能開啟我真正人生的就只有妳了。」慶之說，語氣不像在拍馬屁。

「你每個月的零用錢有多少？」吉思美放下報紙。

「一百萬。如果我花不到一半，幫我管帳的阿福就會被打斷腿，而且規定花掉的錢裡至少要有一半要花在不三不四的地方，例如召妓或是賭博，因為我爸說錢這麼多，如果不亂花怎麼花得完？這讓我非常非常困擾。最後我只好把錢都亂分出去……結果……」慶之越說越氣。

吉思美抖抖眉毛。

「結果適得其反，每個人都跑來跟我說，如果有人要殺千萬別客氣之類的話，還幫我去恐嚇學校老師。」慶之鼻子一酸，卻忍住不讓眼淚掉下。

「就算必須花掉一半，你的帳戶裡還是存了不少錢吧？一千萬？兩千萬？」吉思美杵著下巴。

「三千四百零七萬。」慶之無奈地說。

「有這麼多錢，為什麼不找G？」吉思美就事論事：「G的實力是最頂尖的，接單就殺，就算是金牌那種等級的也逃不過G從肝臟貫入的子彈。如果是我，失手的機率至少一半。」

「我不信任沒有美好理想的人。會被錢收買的人，也一定會被更多的錢收買回去。如果G把我聘他殺人的情報轉售給其他人，至少價值一億。」慶之。

不，不是這樣的。

找G，就跟買兇殺人沒有兩樣。

但找上自己，多多少少會有大義滅親的光明感。

吉思美即使看穿這點，也不說破。

每個人都有每個人存在的真實理由，跟表面的原因。不需要逼迫任何人將真實的那部份袒露出來。

每個人活著，都需要一兩個祕密。沒有買兇殺人的記憶對慶之往後的人生，肯定會好過不少。自己又何必揭穿他呢？

何況，吉思美本就打算將復仇跟罪惡感集中到自己身上。

「撇開亂七八糟的插股，我父親底下有八間還算乾淨的公司，有貨運、鋼廠、成衣、客運、營造、計程車聯營、鞋廠，甚至還有一間小唱片公司……裡頭每個女歌手全都是我爸仔細做過身體檢查的。總之，這八間公司每年的獲利豐厚，我爸死後全歸我所有，每年十分之一的報酬一定按照契約結算給妳。」

慶之誠摯地握緊雙手，說：「希望妳在解救我的人生之餘，能享有應得的報酬，我深切知道要殺掉我爸是多麼困難的任務。」

原來這聰明的孩子已經想到這一步。

但……

「看起來，你還真是個很為人著想的孩子。」吉思美冷淡地說。

慶之知道，吉思美說的是反話。

吉思美話中的譏諷之意，指的是殺了金牌的唯一後果：被黑道通緝，下絕命追殺令。

「奪走一個人的性命很自私，但強力干涉別人的人生也很自私。我無法承受這樣的人生，只好厚著臉皮請妳幫這個忙。」慶之難過地說：「我爸死後，道上會為了錢亂上好一陣子，真正會為了報仇這種沒有意義的事找妳的人並不多。而且，我會想辦法嫁禍給另一個幫派老大，希望沒有人懷疑到妳的身上。」

慶之果然還是太嫩了。

黑道追獵殺手，並不是少見的事。黑道也沒有想像中的愚蠢。

但，吉思美是個很有原則、職業道德的殺手。

吉思美從包包裡拿出一份契約書。

「簽了它，一輩子都別忘了你現在想要的人生。」吉思美淡淡地說。

8

要殺金牌，不是一件容易的事。

在今年的黑道榜中榜裡，金牌名列第六。

某種意義上，名次也意味著要殺掉這個人的難度，跟隨之而來的代價。

據說上個月有個一流的遠距型殺手收了單，預計在某個大廈頂樓狙擊金牌，卻因為委託人早一步被金牌幹掉而漏了風，導致那殺手不僅沒成功，還被金牌的手下殺成重傷，從此沒了消息。

死了？

殺手在活著的時候就沒什麼人關心，遑論死不死。

吉思美回到了梧棲的海邊小屋，變成了Ramy，上了線。

「妳確定要這麼做？」

「看不出拒絕的理由。」

「太難了吧。」

「所以更可見想見，那個高中生背負的人生有多難擺脫。」

「嘖嘖。」

「☺」

「我直接說了，金牌有很多護衛，最好還是從上面遠遠放槍。」月好意。

「你知道我從不用槍的。」Ramy不在意。

用刀子的殺手已經不多了。理由不一，大多數都是無可救藥的風格問題。

吉思美的理由很簡單。從她殺第一個人開始就沒有用槍的慾望，因為她殺死的對象都沒有用槍的必要。

長久以後，吉思美根本不懂用槍。

「需要幫忙就說一聲。」月。

月的字在螢幕上頓了頓，猶疑了一下，才繼續出現。

「雖然不是什麼大不了的原因，但也許我有個理由殺他。」月。

「多謝，我請不起你。」Ramy哈哈一笑，月現在的表情一定很得意。

Ramy想起初遇月的畫面。

9

當時自己剛剛從大學畢業，在家扶中心擔任社工，一個月薪水兩萬八。

而月，則是自己輔導的第十七個孩子。

檔案上寫著「長期受虐」，驗傷單的花樣則琳琅滿目。每次見到月，月的身上總有新的傷口。

但月從來不哭。

輔導室，桌上堆著積木與行為量表。正值梅雨季節。

「我勸妳還是別浪費時間，我不需要輔導或安慰。」月靜靜地說：「我很清楚自己沒有犯錯。」

「我知道。」Ramy當然知道，自己當初也沒有犯錯。

但輔導是制式的流程之一，而Ramy的薪水就鑲嵌在這個流程底。

「再過幾年，我就滿十八歲了，如果我沒有被我爸爸打死的話。」月看著窗外，雨下個不停。

Ramy聽了很心酸。看到月，就彷彿看到當年無處可躲的自己。無處可躲到，乾脆在頸子劃下血流如注的那一刀。

「那個人打我也就算了，再怎麼打也改變不了我不會成為他的事實。但打我媽我就無法忍受了。」月隨手玩著桌上的積木，雖然他不是那種會花心思在積木上的小孩。

「我正在計算那個人打我媽的次數，從我開始記錄，已經八十四次，而且還越來越頻繁。」月看著手上的積木，用超乎冷靜的語氣說出更驚人的句子：「如果那個人再不收手，等到第一百次的時候，我就會殺了他。」

Ramy愣了一下。

「姊姊妳放心，這麼做對我只有好處沒有壞處。我研究過法律條文了，只要我在十四歲以前殺了那個人，就不必坐牢，只要加強心理輔導跟定期向派出所報到等等。算一算就是下下個月了，到時候再請姊姊多多指教吧。」月將積木放回桌子。

Ramy仍舊說不出話來。

「對了，我還記得姊姊跟我說的那個故事，我知道那個故事是真的。」月的眼睛洋溢著天真無邪：「姊姊的繼父還活著嗎？如果還活著，我順便一起殺掉吧，反正法律會保障我殺人的權益。」

Ramy突然流下眼淚。

「這點小事不需要掛在心上。」月皺眉。

Ramy搖搖頭，搖搖頭。

在那個時候，Ramy突然心靈澄明。

明白了當初朝頸子劃下那一刀，神卻沒有帶走她性命的理由。

一個星期後，月口中的「那個人」在住處的樓梯間，被一個身穿粉紅色雨衣的怪客亂刀刺死，現場血跡斑斑。

Ramy像是突變般分裂出另一個需要冷酷的個性，與名字。

吉思美。

此後Ramy到空手道館、跆拳道館、柔道館學習格鬥，但Ramy很快就發現，殺人並不是格鬥，兩者之間幾乎毫無關連。

於是Ramy自行摸索把玩刀子的技巧，直到刀子成為自己深受信賴的殺人工具。

比起殺手間最常見的師承制，吉思美的誕生就像是天命般的自我培育。

所以，吉思美比大多數的殺手都要弱。

因為弱。

所以強。

10

為了殺金牌，吉思美花了一個禮拜認真做了功課。

多虧委託人慶之從網路傳來的他那黑道老爸的每日行程，讓吉思美得到充分的資訊，甚至還會跟慶之直接討論最好的下手地點與時機。

最後總算理出一個尚堪可行的暗殺脈絡。

金牌每個禮拜四晚上都會去三溫暖，在三溫暖裡一定會叫小姐，小姐服務的過程也會有保鏢在房間外守著。為了面子，金牌即使已經完事，還是會在房間裡多待半個小時。

去完三溫暖，金牌會去當紅的編號七情婦家徹夜打麻將，陪打的對象不外情婦的三姑六婆好友或是生意上的合作夥伴，而保鏢依舊會在房間外的大廳看電視。

大約在凌晨三點半，金牌如果不在情婦家過夜，就會搭乘防彈賓士離去，回到戒備森嚴的陽明山別墅。

除了得過跆拳道亞運銀牌的司機，在金牌所有的行程裡都有兩個像熊一樣的保鏢陪著，一個是退伍軍人，一個是貪污被革職的刑警，如果沒被命中要害，都有身中數槍不倒的硬挺本事。何況這兩個保鏢總是穿著防彈衣，那重量對他們來說只是微薄的體力消耗。

如果用槍暗殺，機會不會沒有。

但執意用刀的話，難度陡然翻了幾翻，或根本沒有機會。

乍看下無懈可擊，卻可以從保鏢的疲累程度上著手。

致命的讀秒就埋在保鏢即將交接的凌晨。

從精神疲乏的角度，緊繃了一整夜的保鏢最容易在交接前夕鬆懈心神；用醫學常識來看，凌晨時人對周遭溫度的感受力會最敏感，血管容易因逐漸降低的氣溫收縮，瞬間判斷力也因為體溫、疲倦程度因素延緩百分之二十。

凌晨三點四十五分，將是金牌從黑道榜中榜跌出的時刻。

網路。

「保鏢通常會在快上車前交接，也就是車子裡直接坐了新的保鏢，在情婦家外面等換手。所以從情婦家走出來、還沒到車上的十幾秒內，就是暗殺最容易成功的時候。」慶之。

「情婦平時有保鏢嗎?」Ramy。

「沒有。我老爸看多了A片，在意情婦紅杏出牆的程度遠大於關心情婦的安全。所以之前的確也死過兩個情婦。」慶之。

「了解。」Ramy。

「或許殺了我老爸後，才是妳危險的開始。車上的保鏢不會放過妳的，妳要小心。雖然我幫不上更多，但總可以安排一輛可靠的車在附近等妳，妳知道的，我總養了幾個拿慣我錢的親信。」慶之。

「沒你的事。」Ramy立刻回絕了關心，並下了線。

11

但吉思美得知這個重要的情報後，並沒有立刻執行暗殺的計畫。

連續兩個禮拜四，吉思美都沒有出現在那致命的凌晨三點四十五分。

慶之等得非常焦切，每夜都掛在線上直到破曉，就連白天上課時也用PD

A上網等待，卻再也沒看見吉思美的網路化身出現。

直到第三個禮拜四。

凌晨一點半，金牌老大從三溫暖出來，在保鏢的護送下神清氣爽地坐上防彈賓士，前往情婦七號的別墅。

途中停了兩次，由保鏢下車買幾個滷味跟小菜。

到了情婦家裡，兩個熊一樣的保鏢在麻將房外的小廳坐下，自己從櫃子裡挑了一部動作片影碟，百般寥籟地看了起來。

但一個黑社會的頂級老大的安全護衛，怎麼可能只有兩個保鏢跟一個司機輪班執行？會這麼想的人，未免太過天真。

跟在金牌老大身邊的人，司機、保鏢、小弟、拜把兄弟、情婦、通風報信的骯髒警察、臥底在他幫的嘍嘍，都只知道自己負責的那一部份。

每個人都只是安全機制中的一個小螺絲釘。就連金牌的獨子也不例外。

這才是保命之道。

在小廳播放電影的電視機旁，還有一個監視器螢幕，裡頭共有九個畫面，分別監看這棟別墅的三個出入口，與六個假死角。

情婦家的確是沒有保鏢，卻有三個曾任霹靂小組的神槍手在對面公寓租了一間閣樓，輪班用望遠鏡監視可疑的進出，他們都有權限直接打電話警告金牌老大。如果有人想要偷偷潛入這棟別墅，或是意圖接近，絕對逃不過保鏢跟神槍手的法眼。

麻將房外，兩個保鏢的身上各有一把上膛的手槍；小廳桌子底下的夾層，藏著兩柄短斧跟手榴彈；放滿ＣＤ跟ＤＶＤ的櫃子後還有兩面防彈盾牌，準備在槍林彈雨中護送金牌老大離去。

此外，等在情婦別墅外頭的賓士司機，並不知道每天都有另外兩組不同的祕密人馬在盯著自己，共計四把烏茲衝鋒槍跟一千多發子彈，隨時支援陷入火網的金牌老大。

如果有人想出賣金牌老大，彼此監視的人馬就會立刻發覺，格殺無論。

更遑論殺手。

死在金牌老大手下的殺手不計其數，每個都比吉思美還要專業，還要強。

12

麻將房裡，煙霧繚繞。

牌桌上才剛剛進入西風圈，滷味跟小菜就已吃了空。

金牌老大抽著雪茄，露出長年被檳榔渣漬紅的閃閃金牙，笑著堆牌，一疊厚厚的千元鈔票壓在手邊的煙灰缸底。

「暗槓，今天運氣不錯，哈哈，哈哈。七索！」金牌老大得意洋洋，從海底補牌，隨手又丟出一隻。

「呦，打了這麼久都還沒開胡，人家要吃紅~三萬！」情婦七號撒嬌。

「三萬啊？吃一下……餵吃中洞，真不愧是好姊妹。西風！」情婦七號的好友小真，笑吟吟丟出一隻西風。

「那我也不客氣了，槓。一路歸西。」情婦七號的新朋友珍妮，冷不妨從袖子底彈出一柄寒芒四射的刀。

金牌老大傻眼，情婦七號與小真也傻眼了。

一道銀光從珍妮的手中刺進金牌老大的肋骨縫，直搗心臟。

金牌老大只是張大嘴，瞪大眼。

珍妮的手腕催動，刀身一攪，金牌老大的五官隨著簡單的刺殺動作扭曲在一起，大量的血水奮力爆出，噴濺到牌桌旁其他三人身上。

缺乏氧氣跟過度的錯愕，金牌吭都沒吭就癱在椅子上，只剩下垂晃的雙手有一搭沒一搭的顫動。

情婦七號驚恐不已地摀著嘴，卻不敢叫出聲來。

小真則被珍妮沈重的手刀斬昏，趴倒在牌桌上。

「冷靜，就可以活下去。」珍妮，不，或許應該稱為「吉思美」。

吉思美冷漠地看著情婦七號，拿起衛生紙簡單擦拭染血的刀子。

情婦七號顫抖地看著眼前，這兩個禮拜才剛剛熟攆起來的新牌搭子。

原來是這麼回事。這個女人千方百計輸給自己一百多萬，搏得自己好感，原來都是為了這一刀。

「想辦法把我弄出這裡，妳就可以活下去。」吉思美微笑，從金牌老大的屍體上找到一把槍，上膛，交給情婦七號。

吉思美的微笑彷彿在告訴情婦七號：妳該不會以為，憑著這把槍就可以扭轉局勢吧？

情婦七號不愧是大哥的女人，驚惶過後立即鎮定下來。

「那些保鏢都還穿著防彈衣吧？」吉思美。

「嗯。」情婦七號。

「一個一個叫他們進來，妳射大腿，我剁脖子？」吉思美提議。

撇開別墅外的護衛，得先清除窩在麻將房外看影碟的兩頭熊。

殺人不難脫身難。

真正的挑戰現在才開始。

13

計程車。

吉思美摸著頸子上，那道粉紅色的扭曲突起。

那次自己都沒取走自己的生命，這次當然也死不了。

結束了。

情婦七號呆呆地坐在吉思美身旁，脖子以下都是斑斑血跡。

「辛苦了，這次遇到了特別麻煩的委託吧？」司機看著後視鏡，頗有深意地笑笑。

「開你的車。」吉思美瞪了他一眼。

多虧了偷偷跟著她、並暗中幫忙的月。

月佔據了一個漂亮的角度，遠遠從高處射下的幾顆子彈，俐落地處決了幾名埋伏護衛的保鏢，就連藏在閣樓的神槍手也沒有逃過一劫。

靠著月，吉思美跟情婦七號才能全身而退。如果不計入吉思美右肩上槍傷的話。

也許該將月積欠她的人生，或者該說，每年的百分之十，一併勾消了。

「送妳去醫院？」司機好意。

「不必，看到汽車旅館就停下來。」吉思美拍拍情婦七號顫抖的手，安撫似的。

五分鐘後計程車在汽車旅館裡，將腦袋空無一物的情婦七號放下，讓她好好洗個澡，睡個覺，待到她想走的時候再走。

至於情婦七號最擔心的問題……其實目擊者都死光了，根本不會有人懷疑她曾經幫助過暗殺情夫的兇手。或者應該說，也不會有人無聊到去追究。

吉思美在計程車上，用司機提供的急救箱工具止了血，簡單處理了傷口。

吉思美處理傷口的經驗豐富，畢竟從小到大被打慣了。所幸子彈沒有留在肩上，而是直接貫穿，否則吉思美可能痛得暈倒。

「到哪？」司機看著好後視鏡裡，嘴唇蒼白的吉思美。

「台中梧棲。」吉思美閉上眼睛。

從大衣口袋中拿起兩個乳白色iPod耳機塞住耳朵，選了幾首適合放鬆心情的爵士樂，按下播放鍵。

司機微笑，沒有打擾困倦已極的吉思美，將車內廣播的音量降低，窗戶降低三分之一，從容地在濱海公路上奔馳著。

黃色的計程車朝著爽朗的陽光海風前進。

一個小時半後，吉思美又可以是平凡的Ramy。

將雙腳踏在溼溼軟軟的泥岸上，一邊吃三明治，一邊翻看最新的小說……

14

金牌老大的喪禮冠蓋雲集，必須借用縣立體育場才裝得下前來致哀的訪客。政壇三黨領袖都送來了花籃與輓聯，前三十大企業都派了公司代表來弔唁，地方議員跟立委更沒有缺席，好像是議會搬進了喪堂。

數百名穿著一身黑、剃小平頭的牛鬼蛇神滿場穿梭。停在告別式會場外的黑色名貴轎車綿延了兩公里，連警察都得出動疏通市區的交通。

沒有人會猜到，金牌老大的死是吉思美下的手。

金牌的手下與拜把兄弟將矛頭指向山貓老大，他們兩個黑社會大哥大之間的恩怨糾葛纏繞不清，不管是誰殺了誰都不令人意外。

唯一能提供線索的情婦七號，則不知所蹤。一般相信情婦七號是被刺客一併除去，埋在不知名的荒山野嶺間。至於刺客為什麼要大費周章除掉區區一個女人，則跟區區一個女人存在與否，沒有人真正關心。

幾天後，山貓老大插股的四間酒店被砸成稀爛，經理跟三個圍事被衝鋒槍掃成蜂窩，其中一間酒店甚至還被扔進手榴彈，連上班的風塵女子也不放過。

一場可怕的黑道火拼，山雨欲來。

15

雖然沒有人懷疑到吉思美身上，但在月的強烈建議下，Ramy還是勉為其難地收拾行李，到歐洲避避風頭，也順便散個心什麼的。

「到了哪裡寫封E-mail給我。過一陣子去找妳。」月說。

就這樣，飛機停在伊斯坦堡的小機場。

「Take me to......Cinderella Hotel.」Ramy上了機場外排班的計程車，隨手指著自助旅行導覽中，一個小旅館的圖片簡介。

十七分鐘後。

Cinderella 旅社的昏暗櫃台，戴著老花眼鏡的婦人看著過期的雜誌，身後的爐子正燒著一壺開水。

導覽中對這間旅社的介紹果然很道地。四十五年的歷史，四十五年的陳舊。

旅行並不是搬家，Ramy沒有攜帶什麼行李。

要說什麼特別的東西，大概只有那台黑色的PowerBook筆記型電腦躺在提袋裡，維繫她與太平洋小島的某種線上歸屬。

她喜歡這樣的小旅社，低調，緩慢，充滿流浪的慵懶氣味。

「You have a reservation?」婦人慢吞吞拿出一本厚冊，推推眼鏡。

「No. Just give me any single room.」Ramy微笑，還戴著從機場出關後就沒拿下來的iPod耳機。

「How long will you stay?」婦人抄寫著Ramy的護照號碼與名字。

「I'm not sure, maybe three days or more……」Ramy攤手。

「Room 404?」婦人將一串鑰匙從抽屜裡拿出。

「That's OK, I can go alone. I'll pay in cash.」Ramy將幾張鈔票放在桌上，接過鑰匙，笑笑走上櫃台旁老舊的階梯。

房間４０４，有個可以看見旅館後院大楓樹的窗。

大楓樹生得不怎麼漂亮，樹幹歪斜，有些怪模怪樣，但畢竟還是火紅豔麗。有窗戶，光線良好，尚令Ramy滿意，讓她假裝忽視那搖搖晃晃的木床。

Ramy將水煮開，為自己砌了杯熱茶。

「開始有旅行的感覺了。」Ramy坐在靠窗的椅子上，享受楓樹上的黃昏。

三輛黑色轎車停在旅館門口。

Ramy皺眉。

儘管沒有受過嚴格的師承訓練，但當了殺手十幾年，再怎麼樣也生出了些第六感般的直覺。

刻意降低的緩慢爬梯聲，揭露出來者非善的意念……大約有五到七個人？

Ramy沈吟片刻，卻放棄任何動作。

她的提袋中並沒有流浪不需要的刀子，也不打算從四樓的窗口冒險攀下去。有兩個穿著皮夾克的男人正攀過牆，神色不善地潛進旅館後院。這些都看在Ramy眼底。

「原來是這麼回事。」Ramy小心翼翼地捧著杯子，啜飲著手中熱茶。

該來的，必不會錯過。

自己需要的，只是等待。等待每個殺手各自的結局。

Ramy省下了嘆氣。

Ramy所擁有的，不過是殺手其中一個結局的版本，而且還是毫不意外的那種。何況自己這輩子已嘆了太多氣。

門被踹開。

四張鷹勾鼻西方臉孔，四柄拴著消音器的手槍冷冰冰地對準Ramy。

沒有語言，沒有多餘的威嚇。一有反抗或曖昧的動作，Ramy就會立斃當場。Ramy摸著頸子上的粉紅色疤，將iPod的音量調到最大。

是她最喜愛的音樂，Snow Rose的輕快遊吟。

一張略嫌稚氣的臉孔慢慢出現在四名刺客身後，帶點感傷的愧疚神色。

慶之。

「我想了很久。」慶之。

「喔？」Ramy，不，吉思美。

「總覺得，應該親眼看著妳死，才能表達我心中的哀慟。」慶之嘆氣。

「嗯。」吉思美沒有看著慶之，只是望著窗外火紅的楓樹。

即將闔眼前的每一秒都很珍貴，沒必要浪費在醜陋的嘴臉上。

一切都很清楚了。

慶之沒有找登峰造極的G，而是挑上實力微薄的吉思美，真正的原因其實是：要殺掉G湮滅買凶弒父的醜聞人證，遠遠難於讓吉思美從這世界中蒸發。如果吉思美因為實力的不足，落得跟金牌老大同歸於盡，就那更好了。

而吉思美不只擁有殺死金牌老大的覺悟跟勇氣，也有超絕於其他殺手的信念。就算失手被抓，也不會供出委託人是誰。

簡直不會有更好的人選……

吉思美正是黑道幼主提前登基的最佳祭品。情婦七號的不知所蹤，恐怕也是被特殊處理掉了吧。

「雖然我父親壞透了，但從小我父親就不許我沾上黑道分毫，逼我做個正常的孩子，甚至打算讓我高中一畢業就出國念書，拿到博士學位再回台灣；要不，留在美國當個教授還是律師什麼的，都行。就是別碰黑道。」慶之坐在床上，點了隻菸。

竟說起故事來了。

「但，即使父親刻意遮掩，我還是見多了黑道骯髒齷齪的手段。為了吃下對方的地盤，為了搶走對方的女人，為了一些根本不值得的東西……黑道可以無所不用其極，不惜一切代價達成目的。」慶之感傷非常，看著開啟他「人生」的吉思美。

吉思美並沒有聽見慶之的告解。不想也不願。

她的世界沈浸在Sonw Rose翻唱的Reality，多麼美好，多麼的空白。

「我發誓，我一定要親手終結這一切。身為一個黑道老大的獨子，我可以感覺到天命加諸在身上的責任。」慶之看著為自己弒父的吉思美。

嘴裡吐出一口污濁的白氣。

「我無法逃避，只能鼓起勇氣面對。即使手段很髒。但只有最髒的手段才能併吞髒髒的一切，然後重新歸零。很可笑吧？我無所謂，成為罪人已經是難堪的事實。」慶之流下眼淚，將菸撵熄在床緣上。

喔？

「要等多久？我不知道，只能拼命去做，要用多少子彈、製造多少屍體都在所不惜。也許十年？二十年？屆時台灣的黑道只剩下一個幫派，從此不再有火拼，不再有黑吃黑，不再有背叛。」慶之站起。

擦去眼淚，慶之做了最後的註解：「那便是不殺。那便是，和平。」

吉思美依舊沒有反應，連看他一眼都覺得多餘似的。

慶之閉上眼睛，點點頭。

四顆寂靜的子彈結束了吉思美與Ramy的短暫流浪。

慶之整理衣服，拍去灰塵，在聘傭的陌生刺客護衛下轉身離去。

Cinderella Hotel，Room 404 窗邊，火紅卻模樣奇怪的大楓樹。

吉思美的視線被蒸蒸熱氣遮蔽，逐漸模糊。

而她的心，還留在梧棲高美溼地。

爽朗的海風中，那雙浸泡在無限寬容的赤腳。

kill er

〔殺手〕角

見識到，很了不起的東西

1

他不是普通的劍客。

雖然沒有劍客會承認自己僅僅是所謂「普通的劍客」，但他的確不是。

他的劍，長四尺，寬四寸，鋒口寬大烏沉，鐵鑄冶造，較尋常利劍重二斤。雖沉，但劍質平凡無奇，卻因在他的手中有了不凡的名字。

炎楓。

炎楓劍不殺無名之輩。

金銀、財帛、女人、權力，都無法擾動他的心，使喚他手中的劍。

只有崇高的理想，才能讓他的俠名飲動。

荊軻。

秦王政十七年，韓國被滅，易名穎川。

趁著趙國乾旱鬧飢荒，秦王派大將王翦、羌瘣、楊瑞和率軍，輾轉兵分南北夾擊趙國首都邯鄲。趙王派李牧與司馬尚率軍抵抗。時逢秦王政十八年。

公認戰神的李牧將軍採取一貫的逐壘固守，避免倉促決戰的方針，秦軍屢攻不勝，形成漫長的對峙。

但同樣是軍事天才的王翦利用趙王庸碌，著手進行反間計。

王翦停止進攻，一面派使者與李牧和談，一面遣間諜攜重金入趙都，賄賂趙王身邊的佞臣郭開。郭開利慾薰心，在宮內散布惡毒流言，毀謗李牧私自與秦軍議和，相約在秦軍破越後分地代郡。

趙王聽信郭開讒言，欲派趙蔥與顏聚代替李牧。

李牧治軍有方，在邊境與匈奴戰鬥多年，又曾大敗秦軍無數次，深受軍民愛戴，是以王宮內謠言鑿鑿，邯鄲城老百姓卻大罵趙室無情。

多年前，趙王以光會嘴上談兵的趙括替換老將廉頗，在長平一戰慘敗，趙兵遭秦坑殺四十萬，從此元氣大失，失卻與秦並列戰國雙強的契機。有了悲慘的前例，李牧毅然拒不受命。

然李牧此舉卻「驗證」了談判媾和的非議，昏庸的趙王大揣，軍隊與王室處於極度緊張的狀態。

邯鄲城裡城外，無不瀰漫著詭異的氣氛。

秦滅趙國，只是時間的問題。

2

如果要說，天底下有一群人對即將臨頭的戰爭麻木不仁、還能夜夜杯酒笙歌，那一定是拒斥沙場，遙遙指揮戰爭的達官貴臣們。

他們掌控了軍隊的糧草補給，兵餉的發放，戰具的維修，以及任意調度將帥的權力。只因他們與王的耳朵最近，只有一句毀謗或讚美的距離。

在前線衝鋒陷陣的將帥若想打勝仗，就要用盡各種方法疏通王宮裡的小人，將戰功分給毫無干係的臣子甚至太監。雨露均霑的情況下，前線的弟兄們才能獲得差強人意的支援。

積弱不振的燕國也不例外。

防守邊境的數萬大軍，一邊看著搖搖欲墜的趙國步入滅亡，為千古名將李牧感嘆之餘，更不忘從軍餉裡扣出大筆金銀，不斷送進王宮，送進對燕王最有影響力的「那個人」的手裡。

太子，丹。

「這是這一期弟兄們的奉獻，請太子笑納。」下跪的人，甚至還穿著軍服，一臉風塵僕僕。

太子丹慵懶地點點頭，左手擁著酒樓名姬的香肩，右手隨意一揮，遣退了來使。

在酒樓裡收受軍隊的賄款，這個王前紅人也未免太膽大妄為。

但太子丹今天心情極差，極差，極差，顧不了這麼多。

「你剛剛說什麼來著？我才三天沒來，素仙兒就嫁給了……嫁給了那個誰？」太子丹怨忿難平，左手用力過猛，抓得歌姬的香肩都紅腫了起來。

半個時辰前，一聽到酒樓第一名姬素仙兒偷偷下嫁樊於期的傳言，太子丹一個大驚，既羞且怒地率眾而來。聲勢之壯，來意之不善，嚇得酒樓其他尋歡客紛紛奪門而逃，免得遭到池魚之殃。

「說啊！」太子丹重重一拍，桌子上的酒杯劇震。

「稟太子，是樊於期那廝。」酒樓店主害怕得全身發抖。

「樊於期！他算哪根蔥！」太子丹一腳踹下，將酒樓店主踢了個狗吃屎。

角扛著劍，在後面看著太子丹氣急敗壞的模樣，不禁暗暗好笑。

不就是個女人麼？而且，還是個酒樓裡的破瓷爛瓦，有什麼好計較？

「太子爺，不如我們就大剌剌過去，劃了樊於期，把那素仙兒給搶回來！」站在角旁邊的劍客獰笑。

「說得是。樊於期不過是亡命來投的假將軍，竟敢跟我們家太子搶女人？」另一個高大的劍客也跟著忿忿難平。

太子丹卻狠狠瞪了他倆一眼。

「我還要那種賤貨做啥！」太子丹大喝，眾人噤聲。

樊於期，這位被秦王通緝賞以千金的落魄將軍，無論如何還是燕國的客人，也是合縱政策下的受惠者。與籌碼。

收容了樊於期，燕國就擁有合縱下各國捐輸的利益。胡亂為了個女人殺了他，不僅貽笑大方，也會失去實質的支持，引起燕王的不悅。

太子丹閉上眼睛，讓幾千個惡毒的想法在腦中沈澱下來。免得自己一時衝動。

「這姓樊的傢伙，到底哪點比我好?素仙兒竟然要跟了他去?」太子丹的額上青筋暴露。

面子，是面子。

面子才是太子丹的罩門。

太子丹過去幾年遊歷各國，各國無不以上禮接待，不敢分毫怠慢，何況在大燕境內?太子丹簡直就是神人一般的人物。

太子丹門下養了許多食客，扣除嘴巴功夫胡亂獻策的書生，都是殺氣騰騰的劍手，不管這位未來國儲到哪一家酒樓，都是百花爭搶的巴結對象。

而素仙兒……

「混帳，老子連素仙兒長什麼樣都忘得一乾二淨。」太子丹咬牙切齒，站了起來。這倒是真的。太子殿裡從來不缺漂亮的女人。

但此刻在太子丹的心中，樊於期已列為不可饒恕的對象。如果，樊於期在一盞茶的時間內不來磕頭謝罪、獻金獻女的話。

「死罪可免。」角倚著柱子，懶洋洋地說。

太子丹冷笑。

3

蕭瑟的易水邊，風帶著對面山谷的乾草味道。

草蘆旁，一個穿著樸素的男人輕擊木筑，頗為風雅地唱著詩經裡的篇章。擊筑的男人，名叫高漸離。一個毫不起眼，將來也不會大鳴大放的人物。高漸離唱的忘神，身旁坐了兩個飲酒談笑、半身赤裸的男子。

「據說，你惹了不該惹的人物，這下可麻煩了。」荊軻嘻嘻笑道，炎楓劍亂七八糟用繩子懸在樹上。

「哈哈，我能有什麼辦法?女人嘛，喜歡了說什麼也要抱回家！」樊於期搔搔頭，舉起青銅酒杯就往荊軻手中的酒杯撞去。

兩人大笑，一飲而盡。

「太子丹門下劍客死士無數，將軍出入自要小心。」荊軻似笑非笑。其實，只要有他的劍立在一旁，要取樊於期的頂上人頭，恐怕只有當今劍聖蓋聶才能勉強辦得到吧。

「說起膽子，的確，太子丹想動我頭上腦袋，膽子自是有的。但除掉了我，他可就要掉了大把銀子，他可沒這種爛算盤。」樊於期哈哈笑。

「也是。也是。」荊軻莞爾，又是一飲而盡。

「說起那太子丹，混帳，表面上舉合縱的大旗，骨子底卻是大把大把金銀的收。如果我是那天殺的贏政，一定最後一個才幹掉燕國。有太子丹在，六國合縱的骨子底就是腐爛的根，說什麼同舟共濟，全都是鬼扯個蛋。」樊於期仰天長嘆。

曾經統領十萬甲兵的樊於期亡命來燕後，父母兒子女兒等數十眷屬，俱被秦王下令斬首曝市，還發佈沒有期限、不論死活的通緝令，賞金千斤，邑萬戶。灰心喪志之餘，樊於期終日渾渾噩噩，與不得志的流浪樂師高漸離飲酒廝混，像個活死人。

直到他遇見了不可思議的糟糕劍客，荊軻。

「唉，我說這酒啊，沒有漂亮的嫂子在一旁倒，只聞到三個臭男人身上的蝨子味，真沒意思。沒意思啊沒意思。」荊軻打了個嗝，難聞的酒氣。

「哈哈哈哈，要我新過門的老婆為咱們兄弟倒酒又有何難？下次帶著她一塊出門也就是了，哈哈，哈哈。」樊於期嘴裡咬著雞腿，身子搖來晃去。

再過一段時間，樊於期就沒有什麼好介懷的。

那了不起的計畫……

「有漂亮的嫂子斟酒，我肯定唱得更好啊。」高漸離點點頭，伸手拿了壺酒就灌，這才繼續擊筑。

這傢伙只要一醉，就越唱越不知道在亂嚷些什麼了。

這三個大男人，在大白天的好天氣席地而坐，一杯又一杯狂飲，若看在旁人眼底，肯定是迷醉的大荒唐，跟一般的市井無賴無啥兩樣，甚至猶有過之。

遠處一陣急促的馬蹄聲。

莫名倉皇的氣。

荊軻眉頭一皺，剛剛的醉態瞬間一掃而空。

樊於期也感覺不對，卻沒有立刻站起來，因為他看清了乘馬前來的人，正是從秦國跟隨他來燕的家僕。

也只有家僕，才知道應該往這種鳥地方找樊於期。

馬停，塵未平。

「將軍！」家僕踉蹌墜馬，臉色煞白。

樊於期大驚，荊軻搶一步扶住不大對勁的家僕。

迅速檢視家僕的身體，只見背脊下方有一抹平整的切口。切口深及內臟，血水早已暈黑了青衣。

「夫人她……」家僕意識模糊，卻竭力撐住一口氣。

樊於期臉色一沉，他心裡已有了底。

「府裡突然……闖進……」家僕眼睛半闔，嘴角冒出血泡。

樊於期欣慰點點頭，拍拍家僕肩膀，用他寬大厚實的手蒙上家僕眼睛。

「知道了，你做得很好，不枉我倆生死一場。」樊於期微笑，讓忠勇的家僕安心歸去。

高漸離的筑聲停止，空氣中卻瀰漫著悲傷的風聲。

荊軻看著樊於期。

樊於期的臉色從平和轉為鐵青，由鐵青轉為可怕的滾滾殺意，再用一種任誰都瞧得出來的壓抑力量，強自回到平和的臉色。

劍客出身，加上沙場經驗豐富的樊於期，仔細觀察了家僕所受的傷。

這切口是經過精心設計的一刺，深度，角度，都是無可挑剔的惡毒。

他清楚知道闖進家裡的刺客是刻意讓家僕苟延殘喘一口氣，好讓家僕將噩耗帶到，擾亂他的心神。

而刺客做了什麼事不問可知。他的新娘子十之八九已不在人世。

如果現在匆忙趕回去，大概會被一群以逸待勞的殺手圍殲吧。

「比起報仇，還有更重要的事，是吧。」荊軻看著胡亂懸掛在樹幹上的炎楓劍。雖說是如此，但荊軻並不介意仗劍報仇。因為他有理由，也有勝算。如果樊於期開口的話。

高漸離裝醉，趴撫在筑上。

荊軻與樊於期相交不過數個月，卻有數十年也及不上的情感。

男人之間的情感，並不需要時間去證明什麼。

而是一起去做些什麼。

「幫我葬了他。」樊於期扛起家僕。

4

這已是樊於期這輩子第二次嚐到被趕盡殺絕的滋味。

除了從秦國帶來的少數家臣，燕王配給樊於期的宅邸守衛有二十多人，個個都是受過劍擊訓練的退伍士兵，並非尋常家僕，受到樊於期的武士精神感召，頗為忠心。

但仍被殺了個乾乾淨淨。

新婚妻子素仙兒的屍體被直直斬成兩半，一半掛在前門，一半吊在後院，死狀淒厲可怖。

沒有任何線索顯示，這件轟動薊城的慘案是出自太子丹的授意。

要說唯一的證據，就只能說只有太子丹擁有這樣的實力，跟狠毒的本色。

城門口，絡繹不絕的商客進進出出。

馬車上所運送的物資有九成與趙國僵持的戰事有關。若說戰爭促動了國與國之間的經濟活絡，並不算錯。

只是代價過於殘酷。

算命攤，一隻大手攤放在桌上。

「居士的命格充滿滄桑啊，您瞧，這掌紋兇險不斷，危機起伏彼此，按照古代獵命仙人留下的掌譜，這叫不死凶命。」城門口的算命老人說，翻開厚重的竹簡，仔細找了張刻圖。

「不死凶命？」樊於期疑惑，一旁的荊軻也愣了一下。

「是啊，人有形，命有氣。人一生下來就棲息著命。這命的凶霸之處，在於不斷掠奪宿主至親好友的性命，導致宿主一生孤苦悲絕，最後終至自行了斷。」算命老人實話實說。

「你說的是。」樊於期點點頭，將銀兩放在算命老人的手上。

久經沙場的人，什麼樣的怪事都見過。什麼都願意信。

樊於期站起，拍拍身上的塵埃，就要與荊軻走人。

「等等。」算命老人叫住。

「還有何事？」樊於期。

「一年內，不，或許三個月內，居士還有個大劫，這個大劫不只會讓居士身邊的朋友死絕，就連居士自己，恐怕也躲不過。」算命老人的語氣很篤定。

樊於期與荊軻相識一笑。

一笑後，就是大笑。無可遏抑的大笑。

「居士難道是不信麼？」算命老人皺眉。

「不……不是不信，而是先生說的完全正確！」荊軻笑得肚子痛了。

「是啊是啊，我們三個月內死不了，才真的是毫無道理啊！」樊於期瘋狂拍手。

這兩人，肯定是瘋子。

算命老人誠懇的眼神，伸出手：「既然居士也這麼認為，不如把身上的銀兩通通施捨給我這可憐的老人吧，銀子生不帶來，死不帶去。老頭子我還用得著哩。」

「先生敢開口，我又何嘗不敢給！不過沒辦法給先生全部就是，將死之人嘛！要把銀兩通通拿去喝個痛快哩！」荊軻哈哈長笑，丟了一錠銀子。

5

王宮，太子殿。

遣走了十多位來自越國的歌姬，整個太子殿只剩下兩個人。

角靜靜地站在一角，手中還拿著剛剛收到的竹簡，竹簡裡刻有一個奇怪故事的斷簡殘篇。蟬堡。

身為一個刺客，每殺一次人，不分任務難易，角都會在隔日清晨收到一份不知所謂的蟬堡片段。久而久之，斷斷續續閱讀這個奇怪故事，已成了角唯一的興趣。

至於竹簡是誰送來的、從哪裡送來的，角本能地不予關心，只視作殺人的額外報酬。

「上次的事，你做得很漂亮。」太子丹親自為角斟了一杯酒。

角接過，一飲而盡。

戰國時期，太子丹之所以能夠成為左右燕國政局的第一人，肯定有金銀財寶之外、乃至權力本身的堅實理由。

擁有一百多位任憑差遣的殺神刺客，就是其中最重要的關鍵。
而角，則是太子丹門下刺客的翹楚，頂尖中的頂尖。
莫名其妙死在角的暗殺劍法下的王宮貴族不計其數，但光明正大慘死在與角的公開比鬥中的劍豪，同樣堆屍成山。

6

四年前。
大燕國第一劍豪項十三，在宴會中嚴詞拒絕太子丹贈送的妖嬈歌姬。
於是，角大大方方走進項十三的莊園，將項十三獨子的頭顱放在石亭上。
「這……」項十三大駭，霍然而起。
「拔劍。」角走出石亭，肩上扛劍，神色睥睨。
角用了最卑鄙的手段，擾亂了項十三的心志，展開了極不公平的比鬥。
對角這樣的殺手來說，為了求勝，手段的使用沒有公不公平，只有正不正確。

正不正確，完全是結果論了。

「把命留下！」項十三果然大怒，一躍出亭。

「喔。」角閃電出手。

喪子之痛，讓項十三狂風驟雨般的破軍劍法威力更倍，但看在角的眼中，卻是破綻百出。

一咬牙，角迴旋衝近，連中項十三可怕的七劍，卻讓角逮到一個要命的縫隙。利劍噴出，割開了項十三的咽喉。

項十三倒地，火紅的鮮血灑在角的臉上。

一代劍豪。

「一個屁。」角做了註解，折斷了項十三的劍。

7

從此，角取而代之，成了大燕國第一劍客，並連殺楚國與韓國來訪的第一劍豪。

許多人傳言，或許角在劍道上的進境不及當今劍聖蓋聶。但在殺人的實質技術上，角的劍，比起蓋聶天人合一的劍，還要兇險許多。

而角之所以在太子丹的門下，用他的劍替太子丹殺人，是因為太子丹有很多錢。

很多很多的錢。

多到，讓角原本只能稱做「快」的手，有足夠的理由用血實戰練劍。

練到今日無情無感的地步。

「但樊於期那傢伙竟然無動於衷，不只沒趕回家，事後連來太子殿興師問罪都沒有，實在是無趣至極，白白浪費了你的劍。」太子丹。

角搖搖頭，並不以為然。

「喔？」太子丹。

「這正證明，樊於期並不是等閒之輩。」角。

「落魄閒人，能有什麼作為？」太子丹嗤之以鼻。

角不再說話。

這幾天，他曾遠遠觀察家喪後的樊於期，發覺他經常與兩個人廝混在一塊。

一個是光會擊筑哼唱的吟唱歌者，一個總是讓劍蒙塵的落魄劍客。

那歌者也就罷了。但那落魄劍客，絕不簡單。

好幾次，角都懷疑，那個落魄劍客發現了他比貓還輕的跟蹤，若有似無地回頭。

「樊於期是劍客出身，在秦國也是一名小有名氣的劍豪。你瞧他的劍怎麼樣？」太子丹看著宮殿外的假山柳樹。

「很強。」角。

「跟你比起來？」太子丹斜眼。

「不堪一擊。」角。

「很好。」太子丹滿意。

8

仇家之所以變成仇家，往往都是為了很可笑的原因。

太子丹跟樊於期這兩名天差地遠的人物，本沒道理結下這麼大的樑子。

追究起來，不過是為了女人。

對太子丹來說，他殺的是區區一個在酒樓賣笑的風塵女子。

對樊於期來說，他失去的是一個願意為他洗淨鉛華的妻子。

春暖花開。

無視為眾國抵禦秦禍的趙國正值兵凶戰危之際，燕王在太子丹的建議下召集文武百官，選了個好天氣，於易水旋舟而下，賞景觀水。

王船在數十艘小船的護衛下，浩浩蕩蕩穿梭在江河之上。

太子丹有個理論。如果這個人成為你的敵人，不管是什麼理由，都要趕盡殺絕。若否，太子丹就會價日沉惑在被害的妄想裡。

是以樊於期也在邀請的名單裡，踏上了燕王的王船。

易水風光好，王船上暖溢著歌妓的歡笑聲。

正當眾臣附庸風雅地彈琴作詩之餘，一名受了太子丹指使的佞臣突然提議比劍，讓船會有個英雄式的高潮。

「唉，提議雖好，但每次都是太子手底下的劍客獲勝，想來也沒啥意思。」燕王摸著剛剛吃飽的大肚腩。

太子丹卻搖搖頭，以無限讚嘆的語氣奏請：「王上有所不知，樊於期樊將軍不僅謀懂兵法，在劍術上的造詣更是登峰造極，在秦國有第一劍豪的美名，敗盡無數英雄。今天趁著我大燕大好易水風光，還請樊將軍賜教。」

樊於期全身震動了一下。

好個奸險的偽君子。

燕王並非全無見識之人，哼道：「秦國第一劍豪？那不是王翦麼？要不就是早先失蹤了的項少龍，哪輪得到樊將軍？」並不以為可。

不等樊於期逮機會謙讓，另一名臣子又搶道：「樊於期將軍屢次在眾臣前誇口，不論在劍質、劍速、劍意上，秦國劍客皆遠優於我大燕的劍客。還曾說，即使蓋聶與之較劍，也無法撼動其半分，口氣之大，實難教臣心服。」

燕王的眉頭一揪。

樊於期心中一嘆。

與其說秦亡六國，不若說六國亡於自己之口。

「哈哈哈，樊將軍原來只是口說無憑之徒，罷了罷了。」又一個臣子摸著鼻子。

但樊於期的性命有更崇高的用途，他並不苟同將性命快逞在匹夫之間的血氣之爭。於是樊於期誠惶誠恐跪下。

「大王誤聽信坊間流言。臣家門剛逢不幸，心無餘力，況且臣只懂得行兵打仗、粗莽砍劈那一套，對於劍道一事，可說全無心得。」樊於期叩首，大大方方示弱。

與有備而來、一肚子壞水的太子丹硬碰硬，不可能討得好去。

「原來秦兵靠著將軍口中粗莽砍劈那一套，就殺得咱六國膽戰心驚啦？大王，臣不服。」太子丹面色凝重，雙膝重重跪下。

「大王，臣也不服。」又一名臣子跪下，滿臉悲憤。

群臣早有默契，轟一聲紛紛跪下，大喊：「大王，臣不服。」

燕王雖非如此魯鈍之輩，卻也感受到被群臣挾持的壓力。燕王只好看著遠來是客的樊於期，頗有歉意地嘆了口氣。

樊於期心中有數。今日以血比劍，已是勢所難免。

樊於期感覺到一雙灼灼目光正打量著自己，背脊一陣寒冽。

站在太子丹隨從護衛中的，角。

少有的，只從眼睛就能發出懾人殺氣的頂級劍手。

「哈哈哈哈哈哈哈哈……」

一聲長笑，然後是隻拍撫跪在地上的樊於期肩膀的大手。

毫無意外，是以護衛之名隨同樊於期上船的荊軻。

「何人？」燕王不悅。

「薄名不足掛齒，微臣乃是樊於期將軍的酒肉之交。」荊軻微微躬身，算是行禮。

角眯起眼睛，觀察這位他默默認可的對手。

「上前何事？」燕王。

「其實天下之劍，系出越國名匠，天底下第一把鐵劍就是越匠所造。若論劍客之眾，莫過於秦，樊於期將軍不過是滄海一粟。但說到劍術登峰造極，哈，終究還是個人修為。」荊軻一身髒污，手中拎著搖晃晃的劍。

荊軻神態輕鬆，並不下跪，與跪在地上的群臣呈現一種尷尬的對比。

大王沒有答允前，誰都不能將膝蓋抬起來。

「個人修為？」燕王失笑。

「是啊，天下第一劍，就是朋友給小弟起的外號，這可不是人人都擔當得起的。」荊軻故作瘋態，一番大話惹得眾臣忍俊不已。

聽到「天下第一劍」五字，角的目光不由自主一縮。

燕王給荊軻的胡吹打擂逗了開，生出一番興致。

「此話當真？」燕王。

「不假。」荊軻。

「可曾與蓋聶較劍？」燕王。

「曾。」荊軻。

「勝負？」燕王好奇。

「怕一出手就傷了他，所以我倆以口論劍，但終究難分難解。若細究起來，應該微臣略勝半籌，是以蓋聶大怒，斥臣而退，想必是羞於承認。」荊軻大言不慚。

燕王卻哈哈大笑起來：「有趣，有趣。」

「簡直是狂徒行徑。」太子丹冷笑，群臣不寒而慄。

「半點不過。」荊軻爽朗一笑。

「這位狂兄的意思，可是要代替樊於期將軍下場比劍？」一位大臣插口，想在太子丹面前留下好印象。

「在下劍術天下無雙，有何不可？」荊軻兩手交互輕拋不加擦拭的炎楓劍，姿態挑釁至極。

要不是急著替樊於期從危機重重的劍鬥中脫身，荊軻也不想以如此跳脫的形象，胡亂躍入不可知的危險。

所謂的胸懷大志，並非膽大妄為。而是倍加珍惜自己才對。

太子丹拍拍手。

角拓步而出，眉宇間濃厚的陰扈之氣。

荊軻毫不意外。從角的身形步伐，還有身上不加掩飾的殺意，他早猜出太子丹會派他出戰。

「這位天下第一劍，朕要提醒你，太子派出的劍客名叫角，乃我大燕第一劍豪，敗死在他手下的劍客不計其數，你可要……」燕王好意提醒。

畢竟一個有趣的人太快死去，實在太煞風景。

「遵命，微臣會記得手下留情的。」荊軻故意說反話，大笑。

角沒有發怒，只是心底浮現出很複雜的情緒。

如果自己也能像他那樣大笑，該是什麼樣的滋味？

9

按照往例，為了避免在王船比劍傷及眾臣及王，士兵尋找了一處視野極好的乾草闊地，將王船靠岸。

在燕王與眾臣的擊掌吆喝下，荊軻與角一躍而下。

兩劍客沒有刻意準備，就這麼在岸邊踏將起來，漸漸的，兩人拉開距離。

「荊兄，小心！」樊於期大叫。

荊軻率性拔劍，將劍鞘隨手一丟，雙手持劍平舉，兩腿撐開。非常老土的起手式。

角將劍扛著，並沒有先拔出，另一手抓著腰上懸繩，看似隨性地繞著荊軻踏步。

從劍的形態，與兩人持劍的氣度，就可以看出兩名劍客的不同。

荊軻的劍寬大厚實，劍脊高高隆起，刀沿平直，利於砍劈。

角的劍短險脊薄，只約三尺，藏在劍鞘裡的鋒口夾角長而銳，鋒快異常。

一個沈穩持重，一個漫不經心。

角微微訝異。

原本輕浮躁動的荊軻持劍後，神色變得嚴肅非常，姿勢樸質無奇，但神氣凝然，毫無一絲縫隙。

荊軻慢慢鬆緩身體，以細微的節奏呼應不斷繞動的角。

不靜，不動，就像天地之間的祥和存在。

這樣的修為，定是經過道心焠鍊的自我凝定才能達成。

與角不同。

儘管荊軻氣宇不凡，劍勢放斂自如，但荊軻觸踏了角的禁地。

角一直想找歸隱的劍聖蓋聶一較生死，好讓他的名字揚放四海，卻期期未果。

眼前這傢伙自稱略勝蓋聶一籌，簡直是……放屁！

「喔。」角嘴角微揚，猛地右手往前一甩，劍鞘迸飛而出，射向荊軻。

荊軻不閃不避，劍尖一挑，將角突擊的劍鞘輕輕撞開。

而角危險的劍，殺人之劍，已在劍鞘飛出的瞬間欺近！

唰！

荊軻的胸口被角的猛襲劃過，炎楓劍悍然撩起，角已溜出長劍攻擊範圍。

角用快勝閃電的速度，輕輕鬆鬆就破除了荊軻從容無暇的防禦。

「你的劍好快。」荊軻看著蹲鋸在地上的角，左胸滲血。

「顯然還不夠。」角說。

要是其他劍客，剛剛那一劍就斷出生死了。

「但你的劍缺了一種東西。」荊軻一個大踏步。

炎楓劍湛然舞動，大開大闔的劍勢，刮起腳下的如箭乾草。

「沒錯。缺了你的血。」角毫不畏懼，銳身衝出。

角的手腕輕顫，短劍爆出森然劍光，招招狂若毒龍。

兩人刷刷刷一連交擊六十幾劍。

乍看下角的劍速凌駕荊軻，每一劍都在與風競速，卻被荊軻似拙實巧的劍法綿密地擋下，矛盾至極。

一招又一招過去，卻渾然看不出勝敗之機。

荊軻每一劍都帶著正氣凜然的意志，狂猛的銳風捲起地上乾草，干擾高速攻擊的角的平衡，以暴力性的防禦代替攻擊。

而炎楓劍帶著古銅色澤的劍身，則讓荊軻的劍氣有種懾人的豔紅。

迥異於荊軻，角每次出手，都夾帶著捨身共亡的堅決。

彷彿不懼荊軻的炎楓劍將自己斬成兩半，角刁鑽地在豔紅的銳風中一出一入，每一次都將手中的利劍更接近荊軻的咽喉。

好幾次，荊軻都與死神擦鼻而過。

坐在王船上觀戰的燕王與眾臣無不嘖嘖稱奇，上千士兵則大呼過癮。

太子丹表面極有風度地大家讚賞，實則心中駭然。就連樊於期也是目瞪口呆。他知道荊軻的劍法在自己之上，可從來不知荊軻的劍已到了如斯境界。

「荊兄，你真是太可靠了。」樊於期緊握雙拳，內心興奮不已。

自己對秦宮的瞭若指掌，加上荊軻的劍法，或許真能成就大事……

「只有如此高超之劍士，才能成就如此精彩之局。」燕王讚嘆不已，神色間充滿了矛盾的可惜。

這劍鬥到這番境地，不論是荊軻或角，敗者肯定得將命留下。多麼可惜。

但這麼精彩的劍鬥前所未有，恐怕也是絕響，若不能親眼看見兩人之間「誰最強」的答案，或許更加可惜。

「殺死他！」太子丹皮笑肉不笑，心底只有重複這個焦切的吶喊。

又是兩百劍過去。

角的呼吸開始急促，背脊冒出的汗漿浸透了衣服。

他從未花過這麼長的時間跟人較量。沒有人有這樣的本事。

雖然角的進退速度並未減緩分毫，但劍的氣勢已經開始削弱。他只有用更強大的、對死亡的決心，去彌補氣勢的不足。

看在荊軻的眼底，角這樣對死的覺悟、甚至可說是一種病態的著迷，只有將劍的力量帶到了無生氣的谷底。

颼。

角的劍再度逼近荊軻的咽喉，削過頰骨，血屑一線飛逸。

「喝！」荊軻一聲平地清雷的巨嘯，震得連遠在王船的人都錯然一愣。

角非常人，動作只是遲疑了半晌。

但荊軻又豈是常人？

只見炎楓劍化作一道銳不可當的虹影，與暴然衝出的荊軻融合為一，撲向氣勢已滯的角。

炎楓劍悍然一劈！

角手中的利劍奮力一擋，胸口卻被沈重的劍勁穿透，無法喘息。

荊軻並沒有留給角任何調整內息的空隙，仗著膂力倍勝於角，腰斗沉，手腕一迴，又是如千軍萬馬的劈砍。

面對荊軻的迫人氣勢，如果閃躲的話就無法翻身。角咬牙又是一擋，震得手臂痠麻，劍勁透滲直達雙腳，奪走角最自豪的速度。

「棄劍！」荊軻大喝，雄渾至極的力道完全呼應他的意志，又是一劈。

角無力閃躲，只得再度傾力格擋。

筐！

一聲悶響，角的手臂狂震，眼前一黑，口吐鮮血。

卻兀自不肯丟棄搖搖欲墜的手中劍。

「棄劍！」荊軻怒吼，力道又往上加了兩成，再劈出。

空氣中爆起難聽的金屬脆擊聲，角的虎口迸裂，劍終於被震脫手。

但角可是視生死無物的狂者！

「同歸於盡吧。」

角慘然一笑，左手迅速接住脫手的利劍，身子忽沉，斜身掠出。

荊軻一嘆，手腕蓄勁，炎楓劍寒芒暴漲，一個龍捲風似的大迴斬。

縱使角想捨身一擊，然而全身已被荊軻先前的劍勁摧毀掉最珍貴的協調性，一個踏步衝出，身子居然顛晃了一下。

兩名絕世劍客的身影乍合又分。

燕王嘴巴撐得老大。

樊於期的拳頭鬆開。

太子丹的笑容僵硬。

漫天紛飛乾草屑，點點血花呼吸間。

地上一條可怕的斷臂。一柄裂成兩半的鐵劍在空中嗚嗚咽咽。

「為什麼……不殺了我？」

角痛苦地看著他的敵人，大量的血水從左手斷口處砸然而出。

「我不殺，已經死去的人。」

荊軻漠然，撿起丟在地上的劍鞘。

他的手因剛剛過度縱力顫抖不已，試了三次才勉強將炎楓劍合入劍鞘。角一陣暈眩，跪下，斜斜軟倒。

勝負已分。

但在生死之間，荊軻並未因他擁有的權力，做出取人性命的決斷。

燕王尚無法從精彩的對決中回神，而一旁的群臣則面面相覷，生怕鼓掌喝采會觸怒位高權重的太子丹，尷尬不已。

卻見太子丹在護衛戒備中下船，張開雙臂，欣然迎向勝利者。

他一向喜歡勝利者。

勝利者應該跟勝利者在一起。

「不愧是天下第一劍！實至名歸！教本公子嘆然拜服！」太子丹激動不已，一臉為荊軻的高超劍術深受感動。

荊軻看著越來越近的太子丹，眉頭越來越緊。

「自古英雄不打不相識，本公子眼界淺薄，該死！該死！不知壯士可否願意由本公子作東，一同到酒樓酩酊大醉一番！」太子丹握緊荊軻血氣翻騰的手，語氣推崇備致。

太子丹這一番話倒是真心真意。

為了延攬這名比角還要厲害的劍客，他可以「寬宥」樊於期的奪女之恨，甚至設下酒席重新交個朋友，然後賠十個比素仙兒還要美豔的歌姬給樊於期。

荊軻慢慢解開太子丹熱情洋溢的手。

太子丹的笑容僵結。

只見荊軻走向淚流滿面、意識模糊的角，俯身，單膝跪下。

「因為替這樣的人賣命，你的劍才不懂珍惜自己的生命。」

荊軻抱起沒有力氣掙扎的角，慢慢走向一望無際的荒煙蔓草。

站在燕王旁的樊於期點點頭，雖然他沒有聽見荊軻在念念有辭些什麼。

太子丹臉色鐵青，久久說不出話來。

就這樣。

勝利的劍客，抱著慘敗的無名者，消失在眾人忘記喝采的注目中。

10

夕陽已遠，只剩一點取暖的火堆。

蕭瑟的山谷，遠處傳來不知名的獸吼。

荊軻一手杵著下巴，一手翻烤著火堆上的肉塊。

角一言不發，呆呆看著時大時小的火焰。

角的斷臂創口已經被燙紅的鐵劍炙焦，不再失血，已無大礙。

被敵人斬斷一隻手，還被敵人所救，他實在想不出該說什麼。

至於被太子丹毫無情義地遺棄，反而只是無關痛癢的小事。太子丹本就是這種人，角早就一清二楚。角為太子丹暗殺過多少昨是今非的政敵盟友，怎會不清楚他的狼心狗肺？

肉很香。

對耗竭體力的人來說，那氣味簡直挑逗得要人命。

「你在烤什麼？」角開口的第一句話。

「你的手。反正沒用了嘛。」荊軻打了個呵欠。

「也是。」角點點頭，伸手撕了一大塊就咬。

既是自己的手，就不需要客氣。

「……」荊軻傻眼。

其實是隻獐子，趁著角昏迷的時候，荊軻剝了皮，去了腳，剩下光禿禿的一塊肉。

兩人並沒有靜默太久。

他們之間並非陌生人。兩柄劍已經用最激烈的方式交談了好幾百回。

「你說，我的劍缺了什麼？」角的語氣僵硬。

從兩人交戰的一開始，角就不認為自己的實力遜於荊軻，但偏偏就是無法將荊軻擊倒，甚至在有了斷自己的覺悟後，還是只能傷到荊軻皮毛。

或許，真的就像荊軻所說的，兩人的劍有根本上的不同。

「你的劍，並不在乎主人的生命。」荊軻。

角同意。但那又如何？

就是不畏死亡，角才登上劍的極致，劍上棲息著戰無不勝的鬼。

「我的劍，卻很畏懼失去執他的主人。說穿了我是個膽小鬼，比誰都要怕死。」荊軻說，也撕下一大片獐肉。

角沒反應，顯然不能明白。

「劍客，不該怕死。」角憤怒不已。

視死如歸的自己，竟輸給這種傢伙。

「你說的是殺手，不是劍客。每一個劍客都該為自己的劍而死，我同意。非常同意。但在那一刻之前，劍客無論如何都要活下去，這就是所謂為劍而生。表面上活下去的模樣或許落魄襤褸，或許苟延殘喘，但有了拼了命都要活下去的理由，姿態都是光明正大，充滿朝氣。」荊軻輕鬆自在地說，炎楓劍就靠在自己的腳邊。

「所以，你並不認同，自己可以死在我的劍下。」角的怒火未消。

突然，角發覺今天的自己非常多話。

「那不是我為劍而生的理由，自然不能因此喪命。」荊軻大口嚼肉：「活著，就有理想。死了，就什麼也沒了。」

找不到酒，這肉有點無味。

「別盡說莫名其妙的東西。老是念著劍經的傢伙，死在我劍下的可多著。」角不耐。

荊軻只是微笑，不再說話。

不明白的人一輩子都不會明白。

除非見識到了，很了不起的東西。

「聽過豫讓？」

「……」

「豫讓是春秋晉國人，當時晉國有六大家族爭奪政權，豫讓曾在范氏手下工作，並沒有受到重視；後來投靠智伯，智伯非常倚重他。趙襄子與智伯之間有極深的仇怨，趙襄子聯合韓、魏二家，消滅智伯，並將他的頭骨拿來當酒杯。豫讓認為，士為知己者死，於是下定決心為智伯復仇。」荊軻。

「那又何必，簡直愚不可及。」角不以為然。

就算沒有發生今天之事，如果有一天太子丹被他人暗殺，他也無法興起報仇之念。用錢收買的心，永遠只會為錢而動。

「也許吧。豫讓先是冒充罪犯混進宮廷，想藉整修廁所的機會刺殺趙襄子。可是趙襄子在如廁時突然有所警覺，命令手下將豫讓搜捕出來。趙襄子的護衛原想殺他，趙襄子卻認為豫讓肯為故主報仇，情意深重，便將他釋放。」荊軻。

「哼。那更是蠢不可耐。將來因此喪命，怨誰不得。」角冷冷道。

「如你所言，豫讓豈是輕易死心之輩，為了改變相貌、聲音，豫讓不惜在全身塗抹上油漆、口裡吞下煤炭，喬裝成乞丐伺機謀刺。別的劍客相勸：「以你的才能，假如肯假裝投靠趙襄子，趙襄子無疑會重用、親近你，那你豈不就有機會報仇了嗎？何必要如此摧殘自己呢？」豫讓卻說：「若我向趙襄子投誠，我就應該對他忠誠，絕不能夠虛情假意。」總之，豫讓還是要按照自己的方式復仇。」荊軻。

角倒是點點頭。

「終於機會來了，豫讓事先埋伏在一座橋下，不料，趙襄子的馬卻在過橋前突然驚跳起來，使得豫讓的謀刺又告失敗。衛士捉了豫讓後，趙襄子責備他說：「你以前曾經在范氏和中行氏手下工作，智伯消滅了他們，你不但不為他們報仇，反而投靠了智伯；那麼，現在你也可以投靠我呀，為什麼一定要為智伯報仇呢？」豫讓說：「我在范氏、中行氏手下的時候，他們毫不在意我的存在，把我當成一般的食客；但智伯卻待我以俠，是我的知己，我非替他報仇不可！」趙襄子聽了非常感慨，卻也莫可奈何說：「你對智伯仁至義盡了；而我也放過你好幾次。但這次，我不能再釋放你了，你自我了斷吧！」荊軻說，故事到了尾聲。

「然後呢？」角終於稍稍感到興趣。

「豫讓知道這一次是非死不可，於是下跪懇求趙襄子，希望趙襄子將衣服脫下，讓他用劍揮刺三次，如此他就能含笑而死。」荊軻。

「不算過分。」角。

「於是趙襄子答應這樣的要求，豫讓拔劍，連刺了衣服三次，然後就反手自刎了。豫讓身死的那一天，整個晉國的俠士，都為他痛哭流涕。」荊軻。

「那也不必。」角。

荊軻點點頭。就這點來說，他是認同角的。

「豫讓將自己的生命看得太輕。一個人的生命，如果還有價值的時候，是不會輕易就死的。」荊軻。

角一震。

「我殺了你朋友的全家大小，你動手吧。」角冷冷地說。

「我說過了，我的劍，不殺已死的人。」荊軻聳聳肩。

「放過了我，終有一天你會後悔。」角怨毒的眼神。

「能捱得到那一天的話，那也不錯啊。」荊軻爽然一笑。

肉已吃完，話也盡。

荊軻倒頭就睡，角卻看著自己唯一剩下的右手，久久無法闔眼。

天明。

角已離去。

11

失去了一隻手，雖然並非慣常握劍的右臂，但角身為一流劍手的平衡感已然被破壞。而且被劍勁狠狠震傷的右手，筋脈扭曲，連劍也拿不穩。

角本想離開燕，找個荒山野嶺闢地重新練劍，卻一直無法忘懷荊軻的話。

他恨。卻又羨慕。

於是角拖著殘缺的身體，回到太子丹的身邊。

只是，以角的身手，再也無法站在太子丹的身邊，而是像不起眼的小蟲縮在無數食客之中。被奚落，被嘲諷。

「哈！你這個只剩半隻手的廢人，到底還拿不拿得起劍啊？」

「呦？這不是大燕國第一劍豪，角嗎？來來來，咱倆比劃比劃！」

「怪了真是，我說角啊，你怎麼一不小心就跌了個狗吃屎啊？」

就連太子丹也對他不屑一顧，一句話都懶得跟他說。

角是多麼冷傲的劍客。在一個叫做曾經的過往中，他舐血的劍無敵於燕，評價奇高。現在卻甘願比狗還不如地賴在太子丹身邊，只有一個原因。

角清楚，太子丹非常非常介意，如芒刺在背的荊軻。

「總有一天，我要殺了那廝！千刀萬剮！千刀萬剮！」

太子丹仍忿恨不已，當天荊軻當著無數大臣的面讓他難看，不的踐踏了他自以為崇高的尊嚴。

但連太子丹自己也沒發覺，他心底深處，極度畏懼與樊於期交好的荊軻。

以荊軻超凡入聖的身手，要潛入深宮內殿，神不知鬼不覺砍下自己尊貴的人頭，並不是不可能。角就幹過無數次這樣的勾當。

太子丹一定會想出更多的毒計，找到更強的殺手，來對付根本沒把眼睛放在他身上的荊軻，與樊於期。

所以，角無論如何，都想看盡這件事的發展。

他不會阻止，也不會介入，只是想睜大自己的眼睛。所謂的，讓荊軻無論如何都要活下去的理由，究竟是什麼了不起的東西……

12

拒絕陣前易將的李牧將軍，終於被趙王派去的使者擒殺。

趙國終於失去最後可依賴的千古名將，民心大亂，軍部潰散。

秦王政十九年，王翦麾下兵如怒潮，一口氣攻破趙都邯鄲，俘虜趙王。

帶著勢如破竹的軍氣，秦兵湧臨易水。

弩砲、騎兵、弓箭陸陸續續趕到前線，燕國險若累卵，戰事一觸即發。

早朝。

「怎麼辦！」燕王抱著頭，兩眼無神。

殿上群臣面面相覷，不約而同望向太子丹。

太子丹心中已有了計較。

事實上，太子丹的密使早在三天前就已跨過易水，帶著珍貴的禮物與女人，大搖大擺到秦軍的軍帳將棚裡走過一遭。一切都像儀式一樣。

太子丹跪下，叩首。

燕王從指縫中看著自己的王位繼承人。

「稟大王，我大燕雖然兵多將廣，民心歸王，但為了避免大燕百姓受戰爭鐵蹄、生靈塗炭之苦，是以如今之計，只有走向議和一途。」太子丹說得一口漂亮的話。

「議和？廢話……當然是議和！難道打仗不成！」燕王口齒不清，神智有些錯亂。

眾臣大大鬆了一口氣，幸好他們的王上只是昏庸，但還不是瘋的。

與強秦作戰，無疑自掘墳墓。

「對於議和，不知不知……太子殿下有何……有何想法？」一名不想送死的將軍戰戰兢兢問道。

「若獻予秦君督亢一地，換取大燕百姓安衣足食，相信祖先在天之靈，亦會欣然諾許。」太子丹恭恭敬敬答道。

不需要多使眼色，滿朝文武立即跪地叩首，齊呼：「太子英明，實乃我大燕之福，百姓之福！王上之福！」

燕王窩囊卻又滿懷希望地退朝。

與秦媾和的政策，揭示了樊於期唯一的，悲劇性的下場。

13

易水邊已不再安全，駐紮在江河另一頭的秦軍，試發的羽箭不斷墜落在江邊。

樊於期、荊軻、高漸離三人不再笙歌大醉，來到樊於期的宅邸。

因為他們有個很了不起的計畫。

籌劃了一年多，這個了不起的計畫即將付之實踐。

腐敗總比戰爭好。在這樣的信念下，荊軻想行刺秦王。

認同荊軻殺秦止戰的想法，加上妻小七十餘口的血仇，樊於期也想行刺秦王。於是兩個男人有了終極的共同目標。

而高漸離，則是兩人毫不隱瞞祕密的酒肉之交，高漸離將以他的擊筑歌唱，傳唱記錄下兩名壯士的驚天義舉，流於後世。

是夜。

「旦夕之間，薊就會被秦軍兵臨城下。」荊軻。

「大事不遠。」樊於期揭開地毯。

地毯下，是一塊厚實的木板，木板上刻有秦宮的佈置圖，以及禁衛軍可能巡邏的所有路線。

秦王政性多疑，每隔二到三個月就會更換宮裡的禁衛軍首領，甚至隨意編組額外的巡兵，調動禁衛軍巡邏的路線。不只確保禁衛軍的忠誠，更要迷惑潛在刺客自以為是的資訊。但這些都不是重點。秦王終究在宮殿裡，只要這一點確定，就有行刺的機會。

對於秦宮熟悉的樊於期不僅擁有至少三個潛進秦宮的方法，甚至掌握了五個可以在秦宮暫時藏身的隱匿之處。如果一天看不到贏政，就在秦宮裡多等一天，凝神等待。

樊於期最擔心的，還是刻刻在秦王七步之內，保護安全的兩名貼身侍衛。稽首，范雨。

這兩位貼身侍衛都是秦國人，俱是有名的力士，稽首能徒手格殺戰馬，范雨能以掌底敲碎頑石。兩力士對嬴政效盡死忠。

如果樊於期與荊軻不能以最快的速度刺殺成功，肯定會被稽首與范雨擋下，爭取到其他禁衛軍趕抵護王的時間。

但自從那天見識了荊軻深藏不露的高強劍法後，樊於期再無疑慮。嬴政捐首，只是時間的問題。至於行刺成功之後的部份就一點也不重要了，這兩個男子漢根本沒有打算活著走出秦宮。

樊於期與荊軻蹲在大木板旁，手持樹枝指指點點，專注討論潛入秦宮的哪一條途徑較容易避開最新的禁衛軍路線，而高漸離則靜靜地在兩人旁傾聽，心嚮往之。

明日雞啼，便是荊軻與樊於期踏上征途的時刻。

高漸離看著這兩位摯友專注思量刺殺計畫的神態，心中喟嘆。此乃真凜凜壯士，與之杯酒相交，萬分榮幸。

突然，荊軻霍然站起。

「何事？」樊於期皺眉。

「有殺氣。」荊軻果斷拔劍，他感覺到團團殺氣從四面八方圍將過來。

沒有馬啼聲。取而代之的，是更危險的貓步。

殺手獨特的索命節奏。

樊於期使勁拉開刻滿秦宮佈陣的大木板，裡頭有個祕密夾層，空間大約可以藏躲一人。

當然是高漸離躲了進去，木板被荊軻蓋了起來，鋪回地毯。

「幾人？」樊於期低聲，抽出長劍。

「三十多人以上，或許五十人也不一定。」荊軻苦笑。而且都是高手。

樊於期瞪大眼睛，這數字可不是開玩笑的。

能動員這個可怕的數字，非太子丹莫屬。

「不能待在屋子裡。」樊於期皺眉，看著地毯。如果敵人用火攻，高漸離這傢伙肯定活活被燒死。

「那就衝出去吧。」荊軻踢開門。

兩個男子漢從宅邸側門衝出，直奔馬廄。

毫不意外，在馬廄前遭遇到已不需要掩飾動機的刺客。

刺客約莫十名，個個身著黑衣，只露出一雙雙過度亢奮的眼睛，亮劍。

「搶馬！」荊軻大喝，主動搶步迎向刺客，劍走狂霸。

「小心！」樊於期衝向自己豢養多年的戰馬，期待用速度擺脫追殺。

十名刺客手射流星，淬毒的寒芒滿天花雨撲向荊軻，荊軻劍身一捲，毒鏢紛紛破散，不刻已與刺客交殺在一起。

荊軻精神集中力匯聚到頂峰。如果不能快些殺開一條路，其餘方向的刺客趕到的話，就是九死無生的敗局。

仗著膂力過人，荊軻每一招都是銳不可當，刷刷刷狂風掃落葉的氣勢。

四名刺客首當其衝，持劍的手俱是狂震迸裂，接著就是橫七豎八倒臥在地。餘下六名刺客迅速轉換身形，避開荊軻狂猛的劍招，改用小劍拖住大劍的纏黏戰法。

但荊軻何等人物，突然一個驟身破陣，手腕一沉一伸，從直劈改為平刺，立刻將炎楓劍送進一名刺客的心窩。劍拔出時，趁著血花撩亂，荊軻雄然大斬，猶如白額大虎朝四周猛襲。

刺客們驚駭不已，急切擲出毒鏢護身，卻又有兩名刺客被劍勁斬破身子。

「荊兄上馬！」樊於期大叫，已乘坐戰馬往這邊奔來。

颼颼颼颼。

不知數量的毒箭從左上方朝樊於期呼嘯而來。

樊於期悍然舉劍格擋，卻無法悉數撥開。只見十幾支毒箭將樊於期座下戰馬貫成了刺蝟。

戰馬悲嘶，轟然摔倒。

「可惡！」樊於期大恨，踉蹌掙扎著從地上爬起。

所有的刺客陸陸續續趕到，加入合圍兩人的陣勢，其中還有攜帶短弓毒箭的黑衣射手。

「進林子！」荊軻衝來，拉起腿傷的樊於期就往林子裡衝。

可怕的戰場轉進危險的密林，情勢開始有些改觀。

荊軻與樊於期對宅邸附近的環境熟稔，仗著地利，兩人時躲時攻。

荊軻的劍霸，樊於期的劍狠，加上一個月來不斷演練的刺秦合作，兩人時而相互掩護，時而天衣無縫的合擊。好大喜功而採取獨自行動的刺客，紛紛慘死在兩俠即興的埋伏裡。

刺客在短短半柱香的時間，已經在林子裡犧牲了十二名單獨行動的好手。

「別單獨行動！等到天一亮，他們就逃不了啦！」刺客的首領喝斥。

剩下的莫約三十五名刺客收到指示，開始向同伴靠攏，蹲伏著身子在即將破曉的渾沌光色中搜索兩個目標。

角也在其中。

他唯一能執劍的右手雖然只恢復了三成力道，身子卻漸漸抓回當初身為首席殺手的感覺。對於暗暗蟄伏殺氣的敏感，角遠勝其他刺客，他早已發覺荊軻與樊於期逃遁的方向，跟潛伏的準確位置。

角清楚知道，荊軻是無法從這次的圍殲中脫身的。

天一亮，除了進入密林裡的三十多名殺手，還有數百名訓練有素的弩箭手在外頭等著，將塗滿漆料的箭頭點火，不須瞄準就是瘋狂朝天亂射。無數的火箭將如豪雨般墜落，最後燒垮整座林子。即使犧牲效命太子丹的刺客團隊，也在所不惜。

偏偏，角維持了奇妙的中立。

既無意對荊軻出手，也不可能幫著廢掉自己一隻手的荊軻反噬同伴。

灌木與蕨類下低矮的窪處。

「糟糕。」樊於期額上的汗珠不斷滾落，艱辛困頓地苦笑。

他蹲在荊軻身邊，勉強用劍撐住身子。若非堅強的意志，他早已昏死。

箭早拔出，卻無濟於事。荊軻鐵青著臉，審視樊於期小腿肚上的箭傷。

傷口在河水反射的微光下呈現可怕的黑，箭毒已嚴重撕咬爛肉，痲痹了腿肚子的知覺。看那傷口上黑的擴散痕跡，荊軻勉強可辨識出是可怕的常山蛇毒。再過一時半刻，常山蛇毒就會侵蝕進骨，沿著髓液蔓延全身，結束樊於期的性命。

「必須把腿砍掉。」

「砍掉了腳，還怎麼潛進秦宮？」樊於期搖頭。

秦宮？

角豎耳聽著。

「我揹你。」

樊於期欣慰不已，知道荊軻是認真的。但揹著斷了一腿的自己，荊軻絕對無法闖出眼前的難關，必死無疑。

「趁著我還有一口氣，我吸引那些刺客的注意，你快點逃走。你有為之身，不需要同我一塊死在這無名之地。」樊於期嚴肅的神情，不容荊軻反對。

「行。」荊軻扶起樊於期。

荊軻撕下衣服一角，將條狀的破布緊緊纏綁在樊於期的手與劍，讓他即使無力握劍，劍也不至脫手。

「快滾。」樊於期抖弄眉毛。

「砍下秦王的腦袋時，我會大叫你的名字。」荊軻拍拍樊於期，快步消失在將明的墨藍裡。

角嘆氣。原來是這麼一回事。

目送荊軻遠去，樊於期彷彿感覺自己的靈魂一部份也跟著離開似的。

「哈哈哈哈哈哈哈哈哈！」樊於期豪邁大叫。

這一吼，果然吸引刺客的圍攻。樊於期狂舞鐵劍，勢若瘋虎，招招但求同歸於盡。

可惜刺客識破樊於期已是強弩之末，紛紛退開三步成圓，從容地用毒鏢招呼樊於期，直到樊於期的身子隨著毫無章法的劍，慢慢僵硬。身上釘滿數十毒鏢。

他此時的臉孔，兀自掛著悲愴的笑。

「我來。」

刺客首領上前，抽出腰際戰刀，懸臂熟練一揮。

14

刺客首領並不是蠢蛋。

方才荊軻快步遁走的腳步聲太過明顯，讓刺客首領用暗號調撥一半的殺手從兩個方向圍去，不留缺口。

「樊兄，你放心去吧，我隨後跟上。」荊軻聽見背後的腳步聲，咬牙。

荊軻並沒有告訴壯烈犧牲的樊於期，自己的背脊也被淬滿毒液的毒鏢咬了兩口。如果能夠靜下心來，好好用深湛的內力逼毒兩個時辰，縱使常山蛇毒厲害，卻不至要了他的命。

但哪來的兩個時辰？

荊軻的腳下越快，血性就越急。蛇毒隨時都會突破荊軻內力的壓制，滲進骨頭裡。

「發現了！」

一名刺客大叫，左手奮力一甩，一張吊掛著破碎刀片的網子撲向荊軻來了。

角躍上樹頂，觀看一切。

只見荊軻閃過刀網，揉身揮劍，與刺客交擊在一塊。

這名刺客身手不俗，卻被荊軻搶了先機。荊軻一輪猛攻下，炎楓劍削過刺客的大腿，刺客跪地慘呼，欲舉劍格擋荊軻的雄渾直劈，卻見荊軻毫不戀棧，拔腿而去。

刺客一凜，隨即醒悟，大吼：「荊軻受傷！」

角點點頭，的確如此。

他如飛猿點樹，在半空中緊隨急切狂奔的荊軻。

命運之神，顯然並非站在荊軻這邊。

七、八張大網從四面八方撲向荊軻，教荊軻進也不是，退亦無法。

荊軻九轉炎楓劍，左削右刺，氣勢壓人，卻無法斬破所有的刀網，一瞬間就被從縫隙中鑽入的兩張大網交疊罩住。

刀片狠狠刮入肉中，倒勾起疲憊的肌肉，鮮血淋漓。

「……」荊軻一動不動，雙目垂閉，炎楓劍指地。

施網的刺客士氣大振，幾聲尖銳的吹嘯，所有的刺客都在最短的時間趕到，或蹲或踞，或劍或刀，將荊軻團團包圍住。

每個刺客都不敢托大，與這名自稱天下第一劍的豪客保持三個砍殺的距離，一手持兵器，一手扣住毒鏢待發。

不由自主，所有刺客的兩手手心皆是緊張的黏膩冷汗。

因為荊軻的姿態，絕非束手就擒。

他在凝聚全身的氣力，跟無可比擬的銳意。

無形的浩然正氣從兩張刀網下的殘破身軀發出，穿透參與圍殲的刺客。

荊軻緩緩掃視周圍，瞪視每一雙藏在黑色面罩後的眼睛。

不知為何，每個刺客都本能地避開與荊軻目光接觸。

想要動手，卻莫名其妙無法動作。彷佛一動，一晃，一個多餘的呼吸，立刻就會被荊軻的迫人氣勢壓扁似的。

要說這群三十多人的刺客逮住了荊軻，不若說荊軻用氣勢牽制了三十多柄沒有靈魂的劍。

荊軻的視線最後停在刺客首領的手中，摯友樊於期血淋淋的頭顱。

他的摯友在笑。

所以荊軻也笑了。

「角。」荊軻開口。

棲伏在五丈高的大樹上的角，身子一震。

「你在吧。」荊軻握住炎楓劍的雙手，突然巨大了起來。

角只好點點頭，卻不想答話。

「想不想見識見識，天下第一劍，所使的第三流的，無敵劍法？」荊軻。

角還未反應，炎楓劍已經塗開一道爆炸的紅。

那是什麼樣的劍法？

不，那已經不是劍法所能形容。

縱使掙脫不了刀網錐心刺骨的束縛，荊軻與炎楓劍已然劃破人類的範疇，狂野地朝四周屠戮。

單方面的兇暴屠戮。

無可抵擋。

所有刺客在荊軻發動壓榨性屠戮的同時，全都像靜止的雕像般呆立，腳上生了根，劍生了鏽，手爬蔓了老藤。任憑炎楓劍的紅削劈向自己，然後橫七豎八斬破一切。

沒有慘叫，沒有驚慌失措，無法喘氣的束手就擒。

荊軻化成了劍的鬼，密林裡刮起了悲憤淒絕的風。

炸裂，炸裂。還是炸裂。

遠遠臥伏在樹頂的角觀看了一切，目瞪口呆。眼眶漸漸溼潤，汗毛冉冉豎起。若非親眼所見，角絕不可相信，這世間竟有如此豪壯的劍，如此動人心魄的姿態。

地上躺滿了刺客破碎的屍身，樹幹矮枝懸吊著莫可名狀的碎肉與血髓，迴盪著風。

但荊軻沒有停手。他閉著眼睛，掛著滿足愜意的笑，在漸漸繃緊的刀網中狂舞炎楓劍，繼續與假想中的敵人戰鬥。

角也跟著閉上眼睛。

他看見了。

荊軻正與樊於期在偌大的秦宮中，被數百名殺氣騰騰的殿前武士團團包圍，上千名弓箭手吆喝成陣，不可一世的秦王則嚇得縮在大殿上，兩腿發抖，只見兩名渾身浴血的壯士視生死無物，越靠越近，殿前武士前仆後繼倒下……

荊軻的劍停了。

秦王驚恐交集的臉逐漸模糊。

「我們……我們終究到不了那裡。」

荊軻終於不支跪下，炎楓劍斜斜撐在地上。箭毒早已侵蝕腐爛進骨，多捱一刻都是奇蹟。

刺客以死潰散，只剩下拎著樊於期頭顱，站得直挺的刺客首領。

刺客首領早已兩眼無神，意識崩潰毀滅，在他有限記憶裡只剩下鬼的哭。角落下。

看著他此生最大的敵人。最尊敬的人。

抽出懸在背上的短劍，角想劃破困鎖荊軻的刀網，但刀網已經深深紮進皮肉血骨。

「到底，什麼是天下第一流的劍法？」角受到太大的震撼，有些恍惚。

「不論是誰，只要存有天下第一的志氣，就有機會揮出天下第一流的劍。」荊軻笑，搖搖頭：「可惜，我再沒機會，揮出這樣的一劍。身為天下第一劍客，卻不能做出天下第一流的事……」

言語中，充滿無限的悔恨。

英雄末竟。

「走吧，角。」荊軻閉上眼睛，氣息衰滅。

角怎麼能走。

「若你想砍了我的手報仇，現在正是大好機會。」荊軻低首，聲音越來越薄弱。

「我還能執劍嗎？」角看著自己筋脈毀損的右掌。

「如果你找到了，需要變強的理由。」荊軻虎目流淚：「可惜，我已經不需要了。」

不說話了。

不再說話了。

當一個人的生命還有價值的時候，誰願意死呢？

角在他的死敵身上，看見了無限的悔恨。

天即破曉，林子外埋伏的弓箭手已經準備好狂暴的火攻。

「再見了，天下第一劍。」

角蹲下，取走了荊軻死命緊握的炎楓劍。

一斬，荊軻的人頭落地。

15

樊於期與荊軻的頭顱，並排放在太子殿的几上。

「幹得好！幹得好！果然不愧是……不愧是簫，愛卿的身手依舊值得信賴啊！」太子丹哈哈大笑，暢懷無比。

太子丹親切地擁抱帶回兩俠首級、卻被他記錯了名字的角，更沒有注意到角揹著一把陌生的劍。

角木然接受擁抱，然後靜靜回到他該去的位置。眾多御用殺手中的一個。

太子丹頗為心安地看著荊軻的斷首。

「哈哈哈，你這個不識時務的混帳東西，要知道所謂的豪傑，都是良禽擇木而棲的完美依附。你區區一個使劍的傢伙算什麼？算什麼？膽敢給本公子難看！」太子丹意氣風發，一腳將荊軻的頭顱踢下几。

「來人！」太子丹。

「是！」兩個太監躬身。

「拎去城牆外給狗吃了！」太子丹朝荊軻的腦袋又是一踢。

太監領命，抓起荊軻的長髮，搖晃著腦袋走出殿。

拍拍手，精神抖擻，太子丹立刻下令，出使秦國使臣隊伍開始準備一切。

除了賄賂秦國數十名大臣的重禮，樊於期的首級被石灰妥善保存，放在一只黃金盒子中，當作向秦國表示竭誠盡忠之意。是份很不錯的交易開場白。

更重要的是，一張督亢的地圖，實質地割讓偌大的領土，換取不知能維持多久的和平。

角默默看在眼底。

16

沒有人知道，角的手已經能緊握劍柄。

雖然筋脈受創未癒，雖然每一次握緊都痛撤心扉。但又如何？

連角都暗暗驚異不已。

或許這就是所謂，找到了需要變強的理由。

角開始瘋狂練劍。

他的劍法依舊狠毒如蛇，他的身形迅猛如常，他的眼神冰冷無情。

但角的劍質卻迥異以往。

所謂的捨身之劍，重點並不在於「捨」，而是在於「身」。

只是過去的角並沒有這樣的體悟。

17

易水邊。

了無生息的草蘆，悲愴的、節奏混亂的筑聲。

風瀟瀟兮，易水寒。

壯士一去，兮，不復返。

「你確定要這麼做？」高漸離停止擊筑。

沒有酒，沒有笑聲。

只有風的瑟歎。

角沈默，只是不斷在鼓鼓火爐中敲打炎楓劍，直到炎楓劍斷成好幾截。

角取走了鋒利的劍尖。

18

五天後，太子丹特派先行的重禮團，毫無阻礙通過了合圍的秦軍，帶著厚重的禮物浩浩蕩蕩前往咸陽，打點虛弱萎靡的和平。

十天後，太子丹鄭重授命的兩位燕使，帶著督亢的地圖與樊於期的頭顱啟程秦都，二十位武藝精強的門下劍客隨行護衛。

沒有人知道。永遠都不會有人知道，接下來發生的荒謬種種。

兩名燕使抵達咸陽的前三個夜裡，二十位身手不凡的隨行劍客在不知名的客棧遭到強襲，被不屬於人的兇殘劍法奪走錯愕的生命。

客棧被大火焚毀，沙漠掩沒了一切。

19

死牢。

「聽說你殺人不眨眼。怕不怕大場面？」

「哼。」

「想不想我救你出去。」

「……你要什麼？」

「如你所見，我只有一隻手。」

「那又如何？」

「出去後，只要依約跟我到一個地方，幫我慢慢打開一張圖。」

「哼，出得去再說吧，死殘廢！」

「……叫什麼名字？」

「秦舞揚。」

20

角面無表情。

帶著從死牢裡救出的殺人王，穿著華貴的燕國使服，來到了秦宮外。

殺人王的手裡，顫抖地捧著裝有樊於期首級的黃金盒，以及捲藏著炎楓劍劍尖的大燕國督亢地圖。

怎麼會是秦宮？

怎麼會是這種地方？

上千名禁衛軍森然佇立的氣勢，完全嚇壞了殺了整整一條街的殺人王。

殺人王毫無血色，雙腳幾乎無法動彈，連呼吸都開始發冷。

角回憶著那位自稱天下第一劍的死敵。

回憶著易水邊，他生平最驚險，也最有意義的一戰。

回憶著密林中，那所謂第三流的無敵劍法。

第三流？

「必須把腿砍掉。」

「砍掉了腳，還怎麼潛進秦宮？」

「我揹你。」

「你有為之身，不需要同我一塊死在這無名之地。」

「行。」

「快滾。」

「砍下秦王的腦袋時，我會大叫你的名字。」

「我還能執劍嗎？」

「如果你找到了，需要變強的理由。可惜，我已經不需要了。」

不。

你馬上就可以揮出天下第一流的劍，用天下第一流的豪爽。

你的名字將響徹雲霄，流傳千古，成為劍客的典範。

因為你讓我見識到了，非常了不起的東西。

秦王大殿，階梯前。

「來使何人？」

「荊軻。」

國家圖書館出版品預行編目資料

殺手：登峰造極的畫／九把刀著. -- 初版，
-- 臺北市：春天出版國際，2005 [民94]
面； 公分. --（九把刀電影院；2）
ISBN 986-7494-71-7（平裝）
857.7 94007599

九把刀電影院 2

殺手，登峰造極的畫

作　者◎九把刀（Giddens）
版權授與◎可米瑞智文化傳播事業有限公司
群星瑞智事業有限公司
專案企劃◎陳炘怡
企劃主編◎莊宜勳
封面設計◎聶永真
美術設計◎陳偉哲

發 行 人◎蘇彥誠
出 版 者◎春天出版國際文化有限公司
地　址◎台北市信義路四段458號3樓
電　話◎02-7718-0898
傳　真◎02-7718-2388
E-mail◎frank.spring@msa.hinet.net
郵政帳號◎19705538
戶　名◎春天出版國際文化有限公司
法律顧問◎蕭顯忠律師事務所
出版日期◎二〇〇五年七月初版一刷
◎二〇一七年二月初版99刷
定　價◎180元

總 經 銷◎楨德圖書事業有限公司
地　址◎台北市新店區寶興路45巷6弄6號5樓
電　話◎02-8919-3186
傳　真◎02-8919-5524
印 刷 所◎鴻霖印刷傳媒事業有限公司

版權所有・翻印必究
本書如有缺頁破損，敬請寄回更換，謝謝。
ISBN 986-7494-71-7
Printed in Taiwan

S P R I N G

每一本好書都是一顆種子，
春天播種在你的心田夢土上。

Spring

S P R I N G

每一本好書都是一顆種子，
春天播種在你的心田夢土上。

Spring

S P R I N G

每一本好書都是一顆種子，
春天播種在你的心田夢土上。

S P R I N G

每一本好書都是一顆種子，
春天播種在你的心田夢土上。

Spring